人文阅读与收藏·良友文学丛书

舒乙题

原丛书主编：赵家璧

特 邀 顾 问：舒　乙　赵修慧　赵修义　赵修礼　于润琦

出 品 人：马连弟
监　　制：李晓琤
执　　行：张娟平
统　　筹：吴　晞　姚　兰
装帧设计：赵泽阳

特别鸣谢（按姓氏笔画排列）：
韦　韬　叶永和　李小林　沈龙朱　陈小滢　杨子耘
张　章　周　雯　周吉仲　舒　乙　蒋祖林　施　莲
姚　昕　俞昌实　钟　蕻　郑延顺　赵修慧
以及在版权联系过程中尚未联系到的作者或家属

特别鸣谢：
上海鲁迅纪念馆
北京鲁迅博物馆
北京大学中国语言文学系
复旦大学中国语言文学系
中国作家协会权益保障委员会

人文阅读与收藏·良友文学丛书

烟云集

茅　盾著

中国国际广播出版社

良友版《烟云集》平装本封面

良友版《烟云集》编号页

良友版《烟云集》扉页

良友版《烟云集》版权页和目录页

良友版《烟云集》内文

《良友文学丛书》新版出版说明

二十世纪三四十年代，著名编辑赵家璧在上海良友图书公司老板伍联德的支持下，历经十余年，陆续出版《良友文学丛书》，计四十余种。其中三十九种在上海出版，各书循序编号，后出几种则无。该套丛书以收入当时左翼及进步作家的作品为主，也选入其他各派作家作品。其中小说居多，兼及散文和文艺论著；第一号是鲁迅的译作《竖琴》。丛书一律软布面精装（亦有平装普及本），外加彩印封套，书页选用米色道林纸，售价均为大洋九角。

《良友文学丛书》选目精良，在现在看来，皆为名家名作；布面精装的装帧更是被许多爱书人誉为“有型有款”。不可否认，在装帧设计日益进步的当下，这套出版于二十世纪三四十年代的丛书外形已难称书中翘楚，但因岁月洗汰，人为毁弃，这套曾在出版史上一度“金碧辉煌”过的丛书首版已然成为新文学极其珍贵的稀见“善本”。

在《良友文学丛书》首版八十周年之际，为满足现代普通读者和图书馆对该丛书阅读与收藏的需求，我们依据《良友文学丛书》旧版进行再版（四种特大本不在其列）。本着尊重旧版原貌的原则，仅对旧版中失校之处予以订正。新版《良友文学丛书》采用简体横排的形式，以旧版书影做插图，装帧力求保持旧版风格，又满足当下读者的审美趣味。希望这一出版活动对缅怀中国出版前辈们的历史功绩和传承中国文化有所裨益，也希望广大读者多提宝贵意见和建议，以便我们把日后的工作做得更好。

《良友文学丛书》新版校订说明

一、本丛书收录原良友图书公司编辑赵家璧主编《良友文学丛书》共四十六种（四种特大本不在其列），乃为目前发现且确系良友版之全部。

二、此番印行各书，均选择《良友文学丛书》旧版作为底本，编辑内容等一律保持原貌，未予改窜删削。

三、所做校订工作，限于以下各项：

（1）将繁体字改为简体字；

（2）原作注释完全保留；

（3）尽量搜求多种印本等资料进行校勘，并对显系排印失校者在编辑中酌予订正；

（4）前后字词用法不一致处，一般不做统一纠正；

（5）给正文中提到的书籍和文章及其他作品标上书名号，原作书名写法不规范、不便添加符号者，容有空缺；

（6）书名号以外其他标点符号用法，多依从作者习惯，除个别明显排印有误者外均未予改动。

目　次

烟　云

一

凡是公务员，都盼望星期六早早来到。铁路局公务员的陶祖泰却是例外。

天气太好。办公厅窗外一丛盛开的夹竹桃在和风中点头，自然是朝窗里的专等“下班”铃响的公务员们，陶祖泰也在内。温和的天气，笑开了的夹竹桃，都是大公无私的，然而陶祖泰觉得夹竹桃只对他一人点头，而且这点头是嘲笑的意味。

离开“下班”钟点大约廿多分，科长先走了，办公厅里就紧张起来：收拾公文，开了又关了抽屉，穿大褂，找帽子，摸出表来看了一遍又一遍，打电话约朋友，低声（夹着短促的笑音）商量着吃馆子呢还是看电影，——个个人都为“周末”而兴奋，只有陶祖泰惘然坐在那里，为了“周末”而烦恼。

他最后一个踱出了办公厅，心里横着两个念头；怕回家去，然而又不放心家里。这是他近来每逢星期六必有的心绪，他承认自己的能力已经无法解决这个矛盾的心理。

除了星期六，他在同事们中间是最有“家庭幸福”的：夫人年青，相貌着实过得去，性情也是好的，孩子只有一个，五六岁，不淘气。三等科员的收入原好像太少一点儿，可是夫人有一份不算怎么小的“陪嫁”，逢到意外开支，她从不吝啬。因此，除了星期六，这位年青的丈夫是极恋家的，他总是第一个把公文收好，守候“下班”铃响，第一个跑出办公厅，一直线赶回家去。到家以后呢，“左顾孺人，右弄稚子”，他不喜欢汉口的热闹，而汉口的热闹也从不来干涉他。

斜阳照着蜿蜒北去的铁轨，像黄绿夹杂布上的两条银线。他不知怎么走了这和家去相反的路。他还没觉得。眼怔怔望着那铁轨，忽然想起七八年前他有一位同学在铁路轨道上自杀。他用脚尖踢着铁轨旁边的枕木，摇了摇头。他的中学校的同学，有好几位是企图过自杀的；他们以为自杀是高尚而又勇敢的行为；高尚，因为一个人自己觉得会阻碍了别人（尤其是亲爱者）的幸福时，自杀是最澈底的牺牲；而能作澈底的牺牲者，自然是勇敢的。陶祖泰也抱有这信念。他也曾企图过两次的自杀。第一次在结婚以前，但这一次他事后是颇悔惭的，因为并非为了什么“积极的理想”，只是感到生活无味。结婚以后他又有第二次的“企图”，然而朋友们把他救了转来时，他忽然感激了朋友。他说，他在吞下了安眠药片以后就猛省到他的自杀的动机还是不够高尚，为的他之企图自杀实在是感到能力不够，不能使他所亲爱的人有幸福，他想要“逃避”他的责任。

是这第二次“自我批评”以后，他努力找职业，而且努力学习“和光同尘”的处世哲学。半年前他到汉口的铁路局办事，在他职业纪录中已经是第四次的变化。

他眼怔怔望着那远接天边的发亮的铁轨，他脑子里闪电似的飞过了种种的往事，特别是那第二次的自杀企图；他轻轻地摇着头，便反身沿着铁轨走回去。他愈走愈快了，不多一会儿便和铁轨分手，一直回家去。现在是“不放心家里”的意念压倒了“怕回家去”，——应当说，“责任”的观念压倒了“逃避”的意识。

二

因为走得太急了，陶祖泰到家时心跳气促，开不来口。孩子跳到他身边，抱了他的大腿，唤着“爸爸”，他也顺不过气来应一声，只是用手摩着孩子的头。半晌，他这才挣扎出一句话来：

“妈妈呢？”

孩子还没回答，陶祖泰一眼早看见壁头的衣钩上没有了夫人那件新制的蓝绸披肩，他颓然叹一口气，拉着孩子的手，想要坐下，却又不坐，伛着腰，轻声的，似乎不愿意出口，问道：

“那个——朱……先生，教书的朱先生，来过么？”

孩子仰脸看着他爸爸，一对小眼睛睁得滚圆；爸爸的脸色太难看，爸爸的声音也太怪样，他害怕，他把脸扑在爸爸身上。

陶祖泰拍着孩子的背，放和顺了口音说：

“哎，孩子！”

“爸爸。妈妈，隔壁黄伯伯家里，打牌；”孩子露出脸来，又看着他父亲了。“妈妈说，买一个洋泡泡，给宝宝，等爸爸回来，同去买。”

陶祖泰勉强笑了笑，一声不响，抱起孩子来，就走出去了。

他抱着孩子，就到隔壁黄家。刚走进那阴湿的小院子，就听得“男和女杂”的笑声夹着牌响。他忽然打了一个寒噤，他忽然想道：“随她去罢，——随他们去罢；自家又何苦去受刑罚。”可是他依然朝前走，不知不觉却在两臂上加了劲，惹得怀里的孩子怪不舒服。

狭长的旧式边厢。开亮了电灯，照着四张红喷喷亮油油的面孔。陶祖泰刚挨身进去，第一眼就看见坐在他夫人对面的，正是那位当教员的朱先生。然而第一眼看见陶祖泰进来的，却是那位半个后身对着厢房门的黄太太；她似乎要避开台面上的某种手和手的举动，把脸一别，可就看见了陶祖泰了。她立即招呼道：

“陶先生，你来打几圈罢。陶太太手气不好。”“哈哈哈，陶先生固然赶来了！哈哈！”是姓朱的声音。陶祖泰觉得刺耳。

“我们刚打完了四圈，祖泰，你来换我罢！”

黄先生说着就站起身来。

“不行，不行；你是赢家！”又是朱先生的大叫大嚷，他那胖脸上的一对猫头鹰眼睛向陶夫人使个眼风。陶夫人有没有“反应”，却因她是背向着厢房门的，陶祖泰看不到。他放下了孩子，就挨到黄先生背后去，一面苦笑着回答。

“我不来，不来；诒年兄不要客气。”

“老朱，”黄诒年微笑说，“那么，你是输家，你歇这么四圈罢？”

“不行，不行；我要翻本！陶太太，你说对不对：不许换人，我们都要翻本！”

陶太太笑了笑，不作声。她随便朝丈夫看了一眼，又随便看了儿子一眼，数着输剩的筹码。儿子跑过来，靠在她身上，她也不去理他。

扳过了座位。朱先生成了陶太太的上家。

孩子得了黄太太给的苹果，早已忘记洋泡泡了。陶祖泰坐在他夫人背后，名为“观场”，其实是在“研究”

朱先生的眼风。

三

陶祖泰这一份苦恼的操心，在最近一月来早已成了公开的秘密。黄诒年和黄太太最初发现了这现象时，还说“陶祖泰又发了神经病”。背着陶祖泰的面，然而当着陶太太和朱先生跟前，黄诒年夫妇俩还隐隐约约指着这件事当作笑话。黄太太甚至于还替陶太太抱不平：“陶太太，这是不尊重你的人格，岂有此理！封建思想！”

什么是“人格”，什么是“封建思想”，陶太太不很懂。她读过三年小学，勉强能够看《天宝图》之类的书，自从和陶先生结婚，她也曾依了陶先生的意思看过托尔斯泰，但是一部《复活》从她有了身孕（那是结婚以后第二年的事）那年看起，到现在还没看完；到汉口，是她第一次见大场面，她初来时看见陌生人还要脸红。

然而她爱打牌。坐进了牌局，即使有陌生男人，也就忘记了脸红。何况黄先生是她丈夫的老朋友，而朱先生又是黄先生的朋友；更何况黄太太虽然也不过二十来岁，却好像不是年青人，不是女人，黄先生不在家时，任何男客她都招待，和男客们说说笑笑是常事。

这一些，是陶太太到汉口后看在眼里，而且懂的。

所以当黄太太代抱不平时，什么“人格”，什么“封建思想”，陶太太虽然不很懂，可是也曾心里这样想过：“真好笑！可不是，黄先生从来不曾那样极，——恶形恶状。”

她不会向丈夫“提抗议”，可是不知不觉中她和朱先生多说笑些，不知不觉中她每逢星期六非到黄先生家里打牌不可。

但这是一个月以前呢！现在，陶太太自己不觉得自己有什么不同，也不觉得朱先生有什么不同，可是黄诒年夫妇俩却觉得朱先生已经大大不同，而陶太太也有点换样。现在，黄诒年夫妇俩不敢再拿陶祖泰那种苦恼的“操心”当笑话讲了，他们对于陶祖泰同情。

现在陶太太也更加明白丈夫对自己的用心了，然而她也惯了，不觉得讨厌，也从没愤然叫屈，只“随他去罢”！

她也觉不出朱先生有什么“不妥”。自然，打牌的时候，朱先生常常探出她的“要张”来就放了“铳”。但原是小玩玩，至多是七八块的输赢，要什么紧？因此，有时背着朱先生，黄诒年夫妇俩隐隐约约提到朱先生似乎有点“那个”时，陶太太便认为是朱先生打牌时放了她的缘故。她只觉得姓朱的会凑趣。

现在，刚刚扳到了她坐在朱先生的下首，爱贪小便宜的她便快乐得什么似的。陶祖泰的“苦恼的操心”，她压根儿忘记了。

她和朱先生轮着上下家，这也不是第一次。以前，朱先生第一次用自己的腿去碰碰陶太太的大腿时，陶太太曾经猛吃一惊，但随即她省悟过来，是朱先生提醒她打错了一张牌，她又坦然了，她欢迎这腿碰腿。她等“张”等得心焦时，也常用脚尖去碰朱先生的腿。

这样的“小玩意”，太做惯了，陶太太并不觉得这是“不道德”的，——对于陶祖泰或是黄诒年夫妇。

打牌，或者一半要靠“手气”。下家的“要张”，上家偏偏没有，那也是无可救药的事。一圈牌看看完了，陶太太还是有出无进。她有点焦灼了。朱先生也陪着她发狠。他简直是不想自己和牌了。好好一副牌，乱拆一通。凭这样，陶太太也只“吃进”了两张。黄诒年连连朝朱先生瞅了几眼，手摸着下巴微笑。黄太太更忍不住，故意高声叫道：

“啊哟！朱先生的手真松。陶太太吃饱了！”

“哈哈哈！”朱先生得意地笑着，随手又是一张“万”子。

陶太太又是一吃。陶太太禁不住心头跳了。

“嗨！”黄太太出惊地喊一声，将手里一张牌重重地拍一下，生气似的说，“哼，牌有这样打法！”

陶太太脸红了一下。

黄诒年还是冷幽幽地微笑，却举目望了望陶祖泰，似乎说“你看见么?”

“哈哈哈,”朱先生又怪声笑了起来。“消遣消遣,输赢不大,随便打打算了。——回头到海国春吃饭,我请客!”

陶祖泰什么都看在眼里,听在耳里,尽管他对于麻雀一道不很精明,也心里雪亮了;然而他有什么办法?除了坐在一边“受刑罚?”他受不住,然而他又不愿走。他但愿世界上没有所谓“星期六”,——即使有星期六,学校里也应当禁止教员过江来“逛”。

孩子将那只苹果当作皮球玩。苹果滚到牌桌底下去了,孩子就拉着父亲的衣角。

陶祖泰弯腰去替儿子找“皮球”。他看见那个圆东西自己跑出桌子底下来了,然而也看见一只套著中山装大裤管的腿碰到另一只穿了长统丝袜的脚上。陶祖泰乍见了,心里一怔;但立即以为这是偶然。他有那样的“大量”。他随手去拾那苹果。但也许地板不平,苹果又滚到陶太太坐的椅子底下去了。这时候,陶祖泰猛又看见,而且看得明明白白,一只高跟皮鞋的尖头挑起来,刺到那中山装大裤管上;这确是陶太太的脚!而且高跟皮鞋的尖头忽然被大裤管口的褶叠处带住,摆了几下这才“自由”了。

陶祖泰心头直跳,苹果已经抓在手里,却抬不起身来。他忽然觉得不敢见人,觉得“世界”缩小到容纳他不下。

“哈哈哈！陶太太……”

又是朱先生的怪笑。陶祖泰被笑得浑身都抖了。他没有听得“陶太太”下边是些什么。

然而抖过一阵，他满心满脸都发起烧来了。他挺直了身体，对朱先生瞪大了眼睛，——他的眼光似乎这样说，“我把你这卑劣的……”可是既然人家是“卑劣的”，他就又觉得不屑计较，他回过眼光看自己的夫人，他觉出夫人脸上似乎红潮方退，夫人眼光低垂着，他可怜起“这个女人”来了。

打牌的四个人似乎一心在牌上，谁也没有觉察到陶祖泰的异样。陶祖泰松一口气，可是决不定自己应当怎样办。他的眼睛看着人面孔，他的心却顾着桌子底下人的腿和脚。

那一付牌，陶太太仍旧和不出。黄太太洗牌的时候，能够自在的说笑了。陶祖泰手里还捏着那只苹果。虽然孩子已经忘记了这“皮球”，陶祖泰仍旧叫他过来给了他。同时，他拖一只凳子摆在他夫人和朱先生中间的桌角，他坐下，两腿直伸出去，在桌子下构成了一道“防线”。

他庆幸他这办法谁也没有觉察到。

另一付牌开始了，“战士”们更加紧张。黄太太每发一牌总是重重一拍。陶祖泰的心却在自己腿上。他的两条腿同时受到了两方面来的触碰。起初，他觉得又气又好笑。但随即他又有了办法；不论哪一方面来碰，他都回它一下。

第二个“四圈”结束，陶太太还是输。她赌气不要打了。

朱先生并没输多少，就一定要“请客”。

四

夜里十一点钟，陶祖泰和夫人双双回家了。

海国春吃夜饭，是朱先生请客。吃过饭后，陶太太说起上一星期竟没看电影，朱先生又要“作东”。陶祖泰再也耐不住了，便是黄诒年夫妇也觉得朱先生那种“派头”太恶劣，一力赞助陶祖泰的主张：各人自掏腰包。

夜里十一点钟，四邻寂静，连灯光也没有。孩子早已睡了，梦中忽又叫着“买洋泡泡”。陶祖泰和陶太太都像不打算睡了，却又都不说话，陶太太歪身靠在床前的方桌上，陶祖泰在屋里来回踱着。这一对儿，似乎各在坚持：看谁先开口，谁先上床。

陶夫人摆出这样的“阵势”来，这还是第一次，陶先生摸不着头绪，一面踱，一面在猜想。

在海国春时，陶夫人是有说有笑的；提议去看电影因而引起谁请客的争执时，陶夫人也不过偶尔扁扁嘴，还是兴致怪好；到了电影院买票的时候，陶夫人抢先去，——不让陶先生给她买，也不买给陶先生，她只自买了一张，然而那时候还带笑说："各人自会钞，我不客气了！"她还拒绝了朱先生那一贯的"派头"，——抢买一张送她；黄太太倒觉得在买票处当着许多人面前"不能"太给朱先生"下不去"，然而陶太太硬要朱先生退还那多余的一张。

不过一进了场，这位夫人突然不说不笑了，直到看完电影，直到回家以后的现在。

陶祖泰想起了刚走进电影场时谁也没有注意到的小小一幕：朱先生抢步上前自占了一个座头，立即又摸出手巾来在他自己座位旁边的一个空座上掸了几下，嘴里叫着"陶太太"；可是陶祖泰竟不客气把朱先生特地掸过的位子占了，而且也就把自己横在太太和朱先生的中间了；"哦！"陶祖泰想到这里就在心里对自己说，"难道是为此么？料不到，她，她……会堕落到这地步呢！"

陶祖泰心抖起来了，手掌心有点冷汗；他站住了，看着歪身靠在方桌前的夫人。

脸埋在臂弯里，看不见；极短的，几乎抵触"新生活"的袖子；露出太多的雪白臂膊；头发烫过，其实不烫也够美了；紧裹在身上的时花旗袍，长统丝袜，高跟皮鞋；——陶祖泰忽然像在梦中，心里咕啜道："这，那里是她；这，那里是半年前的阿娥！"

半年前，这一切的时装跟陶太太没有缘分。

“但是，也像换一身衣服那么容易，她这人，这心，也换过了么?”陶祖泰继续想。

他走近夫人跟前，静静地看着，又静静地想着。

他觉得平日间夫人是好夫人，只除了星期六；但即使是星期六，即使是今天罢，他觉得夫人的行为与其说是“轻狂”，倒不如说是“爱玩耍”，“爱人家凑趣”，——还有是，“斗气撒娇”。

他伸出手去，轻轻地放在夫人肩上。

夫人就像没有觉到。

他轻轻地摇着夫人的肩胛。

夫人抬起头来了，仰脸看着她的丈夫。似乎诧异她丈夫竟还没有睡，然而她自己的眼里满含着睡意，她的脸上满罩着倦态；她实在累了。

陶祖泰忽然觉得夫人只是可怜，太可怜；他呆呆地站着出神似的朝他夫人瞧。

陶夫人的嘴角动了一下，似乎要笑，但又忍住了。

五

陶太太没有笑出来，却低头去看手表。

“噢，不早了！睡罢!”说着，她就站起来。

但是陶祖泰拦住了，要她仍旧坐下。陶祖泰略侧着头，想得很深远似的柔声说：

“阿娥，你记得么——我那一次的自杀？”

陶太太点头，眼睛睁得大些。

“你知道不知道我——为什么想自杀？”

“啊，你不是讲过了么？嗳……”陶太太回答，眼皮垂下，似乎感到这谈话乏味，但也还耐着。

“那么，你还记得我的话么？”陶祖泰的声音仍旧那么温和。

陶太太摇头，——但也许是不愿继续这样乏味的谈话，所以摇头。

“可惜！你忘记了！”陶祖泰的声音稍稍带些激情了。

“啊哟！你这人……睡罢！”

陶太太又站起身来。但是陶祖泰又拦住了她，一面急忙地说：

“那次我自杀，因为觉得自己能力太小，不能使得亲爱的人有幸福；然而后来我知道错了，我知道我的这付担子并没有人来代我挑，没有我的候补人——我的自杀是逃避，是卑怯！以后我就不让这样卑怯的念头再来了，我努力奋斗，要使我所亲爱的人有幸福！”

“哦！”陶太太不大有兴趣似的应着。

“我不是自私的人，”陶祖泰不似刚才那样急忙了，“有比我好，比我能力强的人，我愿意让他。要是我的亲爱的——人，觉得和我一块儿没有——幸福，我也愿意站开，——就是——自杀；然而要是我认为她的眼光有错误时，我的责任依然存在，我如果逃避，便也是卑怯!"

陶太太睁大了眼睛，望住她的丈夫发怔了；丈夫这一番话，她真真地懂得的，就只有两个字：自杀。她不明白她丈夫为什么无事端端又要说自杀。

陶祖泰却认为夫人已经听懂。而且在"执行自我批评"了；他静静地站着，静静地等候着。

看见陶祖泰再没有话了，陶太太以为丈夫的"神经病"业已告一段落，她打了个呵欠，她真倦了，她站起来就脱衣服。

"阿娥，你冷静地想一想，自然明白；你是随时可以自由的，但我希望你好好儿运用你的自由。据我看来，那个人——"

陶祖泰在这里顿住了，他想不定加"那个人"以怎样的"评语"才切当。陶夫人这时已经将长衣卸下，坐在床沿上脱丝袜了。她当真倦极，只想睡觉了，就用了最好的可以关住陶祖泰嘴巴的回答：

"明白，什么都明白；明天我再细细告诉你罢!"

说到最后几个字，陶太太已经滚到床里去了，同时吃吃地笑着。

陶祖泰大大地松一口气，也上了床。然而他没有睡意，他想了一会儿，便又唤他的大人。可是夫人的回答是呼呼的鼾声。陶祖泰轻轻拉着夫人的臂膊，摇了两摇，夫人“哦”了一声，翻个身，就又呼呼地打鼾了。

“怎么就会睡得着?”陶祖泰纳闷地想。

把他刚才自己“说教”时夫人的神态回忆出来再研究，他在黑暗中摇了好几次头。他和夫人睡在一床，然而他们俩精神上像隔一座山，他痛苦地感到孤独。

他轻轻叹一口气，想道：“随她去罢，随他们去罢!”但是姓朱的那付轻佻浮薄卑劣的形态在他眼前闪动，他脸上发烧。他心里坚决地说：“不能！为了她的幸福，我宁可每个星期六受刑罚！为了我还爱她，我一定要尽我的能力保护她！为了那个人太卑劣，我一定要警戒他!”

陶祖泰想着想着，一面用手轻轻抚着他夫人的身体，好像做母亲的抚拍她的孩子。

六

夹竹桃谢了，石榴花开过，枝头已有极小的石榴了，新荷叶像铜子大小浮在水面；这中间，该有多少个“星期六”呵！而每个“星期六”，良善的陶祖泰先生挨着怎样的“刑罚”呵!

黄诒年夫妇知道陶祖泰在挨受“刑罚”；甚至于陶祖泰在牌桌底下布置“防线”（即使陶太太和朱先生是“对家”的时候，陶祖泰也要布置“防线”了,）也被黄诒年夫妇晓得；黄诒年以为做丈夫做到这个地步，太可怜，黄太太却觉得陶祖泰“思想太不开放”。“女人的爱情发生了变化时，应该任其自然。”——黄太太屡次这样说。

“可是老陶经济上还得太太补贴补贴呢！”黄诒年这样回答自己的太太，便觉得陶祖泰的办法也只有“严加防范”。

没有人知道陶祖泰的“高尚的理想”和“伟大的责任观念”，即使有人知道了，也不会理解。

陶祖泰没有朋友可以商量，只好寂寞地负起他的“十字架”。他忍着痛苦，偷偷地侦伺夫人的举动，要看明白夫人的“心”到底变化得怎样了。即使不是“星期六”，他也定不下心来。

非“星期六”陶祖泰“下班”回家，夫人要是闲坐在那里，他就坐在夫人对面，夫人从客堂走到卧室，或是到厨房去看了一看，他就跟在后面，跟来跟去，像个影子；他极少开口，只是阴幽幽地朝夫人看。

有时夫人和他说东道西，他随口应了几声，忽然又兴奋起来，搬出他的那一套“大道理”来反复“开导”他“所爱的人”了；这一来，便将夫人变成了“哑子”。

这使得陶夫人怕极了“非星期六”，怕极了“非星期六”的丈夫下班回家。

陶祖泰从不把“朱先生问题”对陶太太正面提出

来，他不愿意正式问他夫人：“你爱不爱姓朱的?”他觉得要是问到了这一句，那么，紧接下去的“行动”便应当是他和夫人离开。要不，那就是天下“最丑恶的生活”。而且他又相信要是他“自私”而和夫人分手便是“害了”他夫人了。

在陶夫人方面，自然也觉得陶祖泰的“病根”是什么。然而陶夫人想想只觉得可笑，她觉得自己待丈夫还是和从前一样；她喜欢和朱先生打牌，和朱先生说说笑笑乃至游玩，这是事实，但这是因为丈夫只会发“神经病”，只会对她“演说”。

未到汉口以前，她本来不会想到如果丈夫不能陪她玩，她就可以找别人陪她玩；但半年来她看见“外场通行如此”，她就相信她也犯不着太“乡下气”。

她生来是个“极随和”“极会享福”的性格；除了打牌，她从来不多用脑筋，除了打牌，她也从来不知道“使心计”。陶祖泰最初爱上她的（而且现在还是一样,）就是她这“特点”；然而现在使得陶祖泰“苦恼”的，也是她这“特点”。

七

有一天是星期五，天黑了，陶祖泰破例还没回家。

陶夫人和孩子等这位年青的家主回来吃夜饭，等得闷了，陶夫人替孩子折纸人纸马玩。

忽然陶祖泰垂头丧气进来了。陶夫人一见他，就吃惊叫道：

“怎么？你像只落汤鸡！天又没下雨！”

陶祖泰摇着头，朝屋子里四面看了一眼，似乎不认识这屋子了，然后低声说：

“你去付了车钱罢。我坐车子来的！”

陶太太付过了车钱回来，看见陶祖泰仍是那样当路站着，但是弯着腰，抱住了孩子，——似乎抱得太紧了，孩子害怕地在哇哇地叫。

“阿哟——”陶太太也惊叫了，“你！——还不赶快去换衣服！宝宝也被你弄成个湿人了！”

陶祖泰这才放开了孩子，挺起腰来，阴凄凄地望望夫人，又看看孩子，然后懒懒地上楼去了。

孩子走到母亲身边。陶太太用手在孩子身上摸了一把，皱着眉头自言自语道：“无事端端又发神经病。算什么？”说着，顺手拿起一只纸马，套在食指尖上。

孩子头发上有几点水珠，——也许是从父亲头上滴下来的，映着灯光发亮。

陶祖泰换好衣服时，夜饭也摆出来了。陶祖泰的脸色并无异样，不过比平时苍白些，他只管低头吃饭，但忽然停了筷，呆怔怔地朝夫人看着；夫人先时让他看着，只装不觉得，可是随即别过脸去，扑嗤地笑了一下。

这样别转过脸去的姿势，这样脆声的笑，陶祖泰从前是感到十二分受用的，但此时他忽然掉了两滴眼泪。他也别转脸去，可是刚刚看见了孩子头发上那几点发亮的水珠，他随手把这几点水珠拂去，同时又吞吞吐吐说道：

“阿娥，今天，我又——几乎自杀了。”

“呵！”陶太太喊一声，但是“吃惊”的成分少，“恍然”的成分多。现在是陶太太怔怔地看着她的丈夫了。

“想想明天又是星期六，——呃星期六，我就——觉得，没有再生活下去——的勇气了，没有再尽我的——责任的勇气了。真难受——的刑罚！”

陶祖泰低了头说，像犯人招供；他顿了一顿，仰起脸来看着他夫人，又接下去道：

“轨道上碾死，太可怕；——我——走到江边。我——走下水去。可是，可是，水齐到我腰眼，我又觉悟到——现在——现在还不是我卸担子的日子，我喊救命，——心慌得腿也软了。以后就坐车回来了。”

他摇摇头，又苦笑了一下。

“呵——唷！”陶太太尖声喊着，丢下碗筷，立起身来就往外跑。

这倒出于意外，陶祖泰也惊呼着站了起来，但是孩子死命揪住了他，放声大哭，孩子以为爸爸和妈妈要打架。

陶祖泰急得想抱了孩子去追夫人，但是也不知道是孩子赖着不肯动呢，还是他心慌手软，竟抱不起来了。他只好拥着孩子，叹气顿足。

然而有人从外来了，是黄诒年夫妇，后边跟着陶太太。

“怎么了？老陶！”黄诒年急忙地问。

“没有什么。”陶祖泰有气没力回答。

“你太太说你自杀了！”黄太太的声音。

“没有呀。”神气像要躲赖。“我不过是——我说今天几乎自杀罢了。”

孩子从父亲手里挣扎出来，跑去揪住了母亲的衣角。

黄诒年看见陶祖泰确实是好好的，便想走了，但是没有开过口的陶太太忽然叫道：

“不要走！我怕！黄太太，我怕！我睡着了打也打不醒，你想想，天亮我醒来看见他死在旁边，我怕！不要走，黄太太！”

黄诒年夫妇都转脸钉住了陶祖泰看，可是陶祖泰只摇着头说了一句：

“哎，真弄不明白！”

黄太太安慰陶太太，黄诒年对陶祖泰说：

“老陶，你这人，我真不懂。”

“哈！”陶祖泰怪笑了一声，然后轻声地好像自己问自己：

“懂人，人懂，自己懂，越想也许越难罢？”

八

那天晚上过了十点钟，黄诒年夫妇方才离开陶家。陶祖泰夫妇殷勤送客，直到大门外。这时的陶祖泰完全和平时一样，谁也不能相信四小时前他“几乎自杀”；这时的陶祖泰和陶夫人谁也不敢说他们不是一对快乐和气的青年夫妻。

大约十点半钟，陶家灯火全熄。

第二天，陶祖泰依旧去办公，只不过迟了半个钟点。一夜睡过，似乎什么全扔在梦乡里了。

陶夫人偶尔也还因为黄太太的关心的探问而记起那晚上的事，但仿佛已经隔了十多年。

然而除了星期六，陶夫人更觉得度日如年了。陶祖泰“下班”时间是下午六点，回家路上大概得有二十分钟，要是到了六点三刻还不见陶先生回来，陶夫人就会感到恐怖。有时她的眼前竟会幻现出一个血淋淋被火车轮子碾成几段的尸体，或是一口湿漉漉像从水里捞起来的白木棺材。

那时她一阵急剧的心跳，幻象便消失了，她揉一下眼睛，手托着下巴，也会暂时正正经经运用她那素来不用的脑筋：“要是当真做出来，可怎么办？买衣衾，买棺材，收殓，——这些我都弄不来！真讨厌，真麻烦死了！

还有，我得带了宝宝回上海，也不得不带棺材回上海，这些事，我都不会弄呵！”

于是她的恐怖便变成了焦躁，她会想起平常不大想到的母亲来：“要是妈在这里，就好了。什么都有她去办！”从母亲，她也会想到娘家其他的“亲人”，于是一位堂房侄儿，十七八岁的中学生，在武昌一个教会学校，平日简直不往来的，也被她想了起来。

可是大门响了，陶祖泰慢吞吞踱进来了，绝对不是血淋淋，连衣服也没湿，陶太太的“恐怖”和“焦躁”也便消散，好像已经隔了十多年。

到第二天的六点多钟，这些“恐怖”和“焦躁”依旧要来一遍，然而来势似乎弱些了；因为多过一天就是和“星期六”更近一天。星期六有牌打，有朱先生，太热闹了，“恐怖”和“焦躁”自然不来。

陶祖泰最怕的是星期六，但是他夫人最怕的是星期一。星期日是这一对夫妇心理上的分水岭。

陶太太从不把自己的“恐怖”和“焦躁”对丈夫说。一则，她不是会“抒情”的女性，二则，少说话是她的天性，何况因此会引起丈夫的滔滔演说更是她所害怕。陶祖泰呢，除了向夫人“说教”便不会用家常闲谈来刺探夫人的心曲。他是时时刻刻在“研究”他的夫人，然而他绝对不用嘴巴，他只用眼睛。他绝对信任自己的眼睛。

吃过夜饭，睡觉以前，是陶祖泰聚精会神运用眼力的时间。不知他根据那一派的心理学说，他认为一个女人如果有了“心事”，一定要在每一天这一个时间内流露出来。然而陶太太居然不怕他看。她自己决不先睡，也不催促陶先生睡。她见丈夫不开口，她也守沉默。她很文静地整理她最得意的新衣服，或者把新近学样买来的一套睡衣试穿了重复脱下折起来（她似乎舍不得穿掉。）都做过了，坐下来，她便连连打呵欠。

在她动动这，弄弄那的时候，陶祖泰的眼光总是跟住她的。有时两人的眼光相遇了，陶太太往往像要躲避大人的小孩子给“发见”了似的，会发出脆声的一笑。但是往往因她这一笑，会打开了陶祖泰的“话匣子”，滔滔不断地“演说”起来，——她最怕这一套，因而她除非真真忍不住是不笑的。

不得不听陶祖泰的“演说”时，她也能很耐心很和顺地听着。可是不到五分钟，她就打瞌睡了。有一次，陶祖泰摇着她的肩胛，硬不让她打瞌睡，硬要问她：

“人活在世界上到底为了什么?”

“啊哟！我不知道，我从来不想，……”陶太太哀求似的说。“我倦得很，只想睡呀。”

“说了就睡觉。”陶祖泰异常固执，像六年前逼着夫人读那部《复活》。

“那——么，”陶太太曼声说着，头一低，又像要打瞌睡了，然而猛然扬起脸来，她又接下去，“说得对不对，你明天再批评罢：人活在世界上，有得吃时吃一点，有得穿时穿一点，疲倦了睡觉，闲了玩玩，犯不着多用心，管东管西。”

“这样说来，你没有欲望，——没有什么东西你一定要，没有什么事情你一定要做么？”

陶祖泰郑重地问着，不转眼的看着夫人的脸。

夫人似乎也颇郑重地想了一想，慢慢地摇着头，但又扑嗤地一笑说：

“那要看是什么时候呀！譬如打牌的时候，我要和，要赢钱！此刻，我只要睡觉！”

“哦——”陶祖泰倒弄得无话可说了。

九

陶太太“一定要怎样”时，确是“要看是什么时候”的。暑假到了，她忽然要“怎样”起来。

那一天，不是星期六，忽然那位远房侄儿来了，说是学校放暑假，三两天后他回上海；这话从陶太太的东耳朵管进去，马上走西耳朵管出来了。

侄儿还没走，不料又来一个客，是朱先生。

每逢星期六朱先生过江来，极早也得六点半，所以总是先到黄家。三四个月来，朱先生来陶家“拜访”，这还是第二次呢。

朱先生看见有客，似乎有点扫兴，但寒暄几句以后，他又兴高采烈地说道：

“巧极了，陶太太，令侄也在，黄太太想来也没出门，刚刚四个人，去打几圈。”

“我不会。”侄儿推托。

“什么话！年纪青青，没有个不会叉麻雀的！”

朱先生大声叫着，拉住了那位侄儿的臂膊。

陶太太带笑问她侄儿道：“当真不会么?”

“我没有本钱。”

迟疑了一下，侄儿这才红着脸回答。

“呵呵哈！笑话！怕什么！本钱你姑妈有！”

朱先生的声音大概街上都听得。

那时至多三点钟，等到陶祖泰“下班”回家急忙赶到黄家时，八圈牌已经打过了。陶太太赢进了一些，刚刚抵过侄儿的输出。

牌局解散，大家闲谈；朱先生说起学校放假，过几天他就要回家乡去——在沪杭路一带。

陶太太听了，心里好像一跳；她纳闷地想道：“怎么都要放暑假的！”

那天晚上，远房侄儿在陶家吃饭。陶太太听着丈夫和侄儿谈着“船票买了没有”那样的话，忽然心里又一跳。从不计算“明天如何”的她忽然也计算起来了。她觉得从此她的日子要变成天天是星期一；朱先生也是三四天后就要走的。

她立即说："我也要回上海去看看妈!"

"哦!"陶祖泰随便应一声，过一会也就忘记。

但是第二天陶太太就去买了许多东西，都是带回上海去的。陶祖泰"下班"回来，看见夫人和孩子正在一样一样打开来重新包过。

"那里来的——这些东西?"

陶祖泰随便问一句，便像疲倦极了瘫在一张椅子里。"买的。"陶太太笑着说，又指着一只小巧的白铜水烟袋，"这是给妈妈的，……"

"零件太多了，恐怕你的侄儿不便带呢!"

"我自己带去。"

陶太太像孩子似的笑起来了，她觉得丈夫真"好玩"，老是像在那里做梦。

"怎么?你要回去?"陶祖泰这才感到意外，从椅子上直立了起来。

"哈哈，不是昨晚上我说过么?"陶太太抿住了嘴笑着。

"爸爸，糊涂。妈妈和宝宝回去。"孩子也拍着手叫着。

陶祖泰却毫无笑意。他懒懒地坐下了，不说话了，瞪大了眼睛看着夫人和孩子。他觉得夫人这次兀突的举动颇可"研究"。可不是，朱先生也要回去?然而夫人的侄儿也要回去，自然一路走了，那又似乎并无“可疑”。

陶太太一边包扎东西，一边说：“买船票，我弄不来，要你去。宝宝是不用票的。”

“呵——哎！”陶祖泰从沉思中惊醒。“船票么？我没有钱。月底发薪水，还有十来天呢！你呢？”

“买了东西，——让我算算，噢。路上零用是够的。”

“那么，只好等到月底。”

“东西都买好了，——又要等到月底！”

陶太太很扫兴似的说，便停止了手里的包扎工作。

“不过，恐怕你的侄儿等不得那么久。”陶祖泰沉吟了一会儿说，他忽然又在“研究”到底是让夫人回去好呢，还是不让她回去。他的“研究”还没结果，不料夫人忽又高兴起来，说道：

“不要紧。他等不及，让他先走。朱先生不定那天走，要他多等几天想来会答应的。”

陶祖泰瞪直了眼睛对他夫人看，立即怀疑到夫人和朱先生之间早有预定的计划；并且他又猜想这一切大概全是朱先生出的主意。他觉得夫人太可怜而姓朱的太可恶，他摇着头，叹一口气，低声然而坚决的说：

“不！还是同你侄儿一路走。船票钱，我去试试，预支薪水。”

十

预支薪水不成功，第二天下午四点钟陶祖泰请假离开办公厅打算找黄诒年借钱。他先到黄家，不料扑一个空，连黄太太也不在。他没精打采回到自己家里，刚好他前脚进门，跟屁股就来了他的夫人和孩子。

“好了，船票也买好了，今晚上八点钟上船。”

陶太太满面春风报告她丈夫。

孩子走到父亲跟前，从袋袋里掏出满握的糖果来，仰着脸说：

“爸爸，糖！朱先生买，宝宝的！”

陶祖泰满心糊涂，只觉得眼前的东西都在打旋，但是当他知道船票是朱先生代买的，——朱先生来过，而且请陶太太和孩子出去逛了一会儿，而且陶太太的侄儿也是今晚上同一条船走，陶祖泰明白了，也心定了，同时又一次断定了朱先生实在太可恶。

陶太太拿出船票来给丈夫看，是二十号官舱。

晚上八点钟得上船，陶太太便忙着收拾行李去了。

陶祖泰失神似的坐一会踱一会，苦心地“研究”这突然变化的形势。他愈“研究”愈断定朱先生居心不可测：是朱先生来“拜访”，是朱先生探得陶太太还没买船票就自告“奋勇”，——然而幸得还有陶太太的侄儿。陶祖泰觉得自己是在茫茫大海中，唯一的“靠傍”是这位十七八岁的中学生。

六点钟光景，黄诒年夫妇来了。听说陶太太和朱先生一起走，这一对陶祖泰的朋友也似乎一怔。但又知道还有陶太太的侄儿，黄诒年和他夫人对看了一眼，便又微笑。

黄诒年夫妇请陶祖泰夫妇吃过了夜饭，已经快将八点钟。黄诒年送上船去。

找到了二十号官舱，不料里头先有一个男人，胖胖的面孔，正是朱先生。

陶祖泰赶快再看房门上的铜牌，明明是二十号。他手指尖都冷了，说不出话来。黄诒年也是满面诧异，偷眼看陶太太，可是陶太太的神色却和平常一样。

“没有空房间了。”朱先生一脸正经地说。

“老朱!”黄诒年走前一步，“船票是你经手买的，你不该……”

“没有房间了，叫我有什么办法!”朱先生板起脸回答。

黄诒年回过脸来找陶祖泰，恰好遇着陶太太的眼光朝他这边看，他就问道：

“陶太太，你——觉得怎样?”

“什么?哦，随便。”陶太太的声音和脸色都跟平常一样。

孩子吵着要看“大兵船”。陶太太就带着孩子走到舱外去了。

这当儿，陶太太的侄儿从人丛里挤过来了。陶祖泰抢上去一把拉住他，就问道：

“你的是几号？”

“我是坐统舱的。”

“嘿！”陶祖泰摇摇头，忽然腿软起来，便坐在陶太太的行李上，瞪直了眼睛朝二十号官舱的铜牌看。

黄诒年瞧着情形有点僵，只好来硬做主了；他找了船里茶房来问，知道还有三十四号官舱空着，他就叫茶房把陶太太的行李搬到三十四号去。但是陶祖泰坐在那里不动，却要陶太太的侄儿从统舱换到二十号官舱来。

“哼！那不是笑话了？我——不乐意，干么我不能舒舒服服一个人一间房？”

朱先生虎起脸嚷着，站到房门口，两手叉在腰间，好像防备人家冲进去。

陶祖泰装做没听见，没看见，只管催促着那位侄儿。

“钱呢？官舱是官舱的价钱。”侄儿轻声说。

提到钱，陶祖泰呆了呆；他那里来的钱，他太太的船票还是人家代付的。可是他焦躁地叫道：

“不论如何，你先去搬上来！”

黄诒年觉得陶祖泰这一着也太“落了痕迹”，可是陶祖泰“有神经病”，黄诒年就不能不格外同情于他了。把朱先生推进了房里去，黄诒年半劝半责备地很说了几句。这时陶祖泰也已经逼着那位侄儿将行李搬了进来。

朱先生横着眼睛只是冷笑。

看着侄儿把铺盖摊好，陶祖泰方才放心，可就想起了钱。他悄悄地对黄诒年说了。黄诒年一摸口袋，糟糕，他也就剩几毛零钱，他苦笑着说："你太太身旁总还有，回头让他们自己解决。"

锣声从外边响了来。这是报告船就要起锚了。

陶太太和孩子也来了。陶祖泰一面请侄儿帮忙，将太太的行李弄到三十四号，一面叫太太去：

"你换到这边了。清静点。"

陶太太朝三十四号房里望了一眼，点点头还是只说了两个字："随便。"

十一

陶太太回去后隔了十多天，才来了一封平安家书。蚯蚓般数十个字，除了"大小平安"而外，陶祖泰毫无所得。陶祖泰却回复了一封"蝇头细楷"的长信，信中重申他的不能放弃"责任"，——要保护他所亲爱的人到底，"俾不致有危险"，然而假使有比他更好更忠实能力更强的"候补者"，那他也很愿意"从这世界上消灭"，"敬避贤路"。这封信花了陶祖泰两个黄昏。

这封信，陶太太一定收到，因为是挂号寄的。

这封信，一定也发生了效果，——跟平日陶祖泰对夫人“演说”时同样的效果：打瞌睡。从此陶太太方面连蚯蚓般的几十个字也不来了。

陶祖泰又写信给太太那位侄儿。这不是“演说”了，也不长，然而实足是一张“问题表”。

一星期内，侄儿的回信就来了。也不长，然而对于陶祖泰所提出的主要问题竟“搁置不答”。

陶祖泰再去一信，除重申前请外，又提了个“新问题”：

“令姑母近来作何消遣？”

回信也是一星期内就来了。对于陶祖泰第一信中的主要问题却玩起“外交词令”来了：“一言难尽，容后面详。”至于“令姑母近来的消遣”呢，则据称因为有“搭子”，不过在家打打小牌。

研究过了侄儿的“外交词令”和“据称”以后，陶祖泰不满意，再去了第三封信，其实也不长，不料太太这位侄儿竟也学“令姑母”的样来：他从此也“打瞌睡”了。

正当陶祖泰忙于写信和“研究”的时候，他所服务的机关里有一点小到并不惹起注意的变化；陶祖泰的上司科长“升迁”去了，新调来的科长说过了“诸位安心供职，以资熟手”的训词以后，第五天上，就实行“人事”整理。陶祖泰跟在众同事的后面，在“欢送”前科长与“欢迎”新科长的两次公宴时，派到过两次“寿”字号的份子，但是现在他的所得却是“停薪留职，另候任用”。

这时候，荷花已经开残，有了小莲蓬儿了。

要是太太不曾回去，陶祖泰虽然停了薪，原也不妨“候”一下。丈夫的钱袋干瘪时，太太的钱袋会“开放”一下，这已是历试不爽。但现在却隔离得太远，还是趁手头尚有路费时奔赴太太，在“岳家”静“候”罢。

和黄诒年一度商量以后，陶祖泰便也悠然东下。也是一张统舱票。

船到南京时，陶祖泰忽然灵机一动，便上了岸。他要找一位在南京有事的好朋友，他有许多事要商量：职业问题，太太的最近“倾向”，而最要紧的是他自己的如何“负责到底”。

不幸那位朋友“奉公差遣”去了。陶祖泰一算，要是在南京住旅馆等候，钱就不够，只好趁火车先回上海。

到“家”时正值黄昏。一进门就听得牌响。在汉口受过的牌桌旁的“刑罚”一下子都回忆起来了。陶祖泰几乎想倒退出去。他硬着头皮走进去，电灯光刺得他眼睛发花。有人唤他的名字，听声音知道是岳母；有人拉他的手，从感觉上知道是自己的孩子。他的心似乎温暖了一些，眼睛也看得明白了；坐在他“岳母”对面的，正是他的夫人，另外两位不认识，然而——都是女客。

陶祖泰完全定心了，听得太太问他“怎么你来了”，就口齿分明地回答道：

“临走前我寄你一封信，没有收到么?”

太太似乎一怔，但随即“哦”了一声，脸红红的笑了一笑；忽然她急口说：“六筒么? 碰，碰!”

陶祖泰那封临走前发的信，昨天下午到了陶太太手里，但可惜这信又是长了一点，陶太太拿到手里就打呵欠，竟没有读完，后来就忘记了。

陶祖泰认为此信还没有送到，就说；

“局里换了新科长……我没有事了……想想……还是回来了……另外设法……”

觉得似乎只有岳母大人在用了半只耳朵听他，陶祖泰也就不说下去了。陶祖泰每次“有事”的期间，至多八个月，他的岳母和太太早已看惯了。

体谅着姑爷路上辛苦，老太太提议再打八圈就散局。

陶祖泰觉得夫人跟从前一样文静，慢条斯理，少说话，有时抿嘴笑笑。不过好像胖一点，脱去长衣后尤其显得胖了，尤其是腹部。

夫人接待陶祖泰的态度一切都好。

十二

第二天上午，陶祖泰去拜望夫人那位远房侄儿。“一言难尽”的内容到底“面详”了；侄儿吞吞吐吐说：

“那天你们走后，……茶房就来要我——补买官舱票，……补买票啦，我，我找姑母；姑母，打开钱袋……一算不够……”

“嗯，不够……”陶祖泰的眼光钉住了侄儿的嘴巴，呼吸急促。

“不够啦……嗳嗳——问朱先生，……朱先生也说没有，……没有啦，我，——我没有法子，只好，只好搬回统舱……”

“你姑母呢？”陶祖泰透不过气来似的问。

“姑母，姑母，——那时，姑母在三十四号。”侄儿低下头去，避过了陶祖泰的尖针似的眼光。

陶祖泰松一口气，两手搓着：

“后来呢？”

“后来，后来么？我不大明白。我在统舱。”

“你不必瞒我！”陶祖泰的呼吸又急促了。

“好像，……好像，姑母……又搬回……二十号。”

陶祖泰的眼皮一跳，看出来的东西就都有一圈晕了，他心里还是清楚的，有许多问句在那里涌腾，然而心尖上似乎有一缕又酸又冷的东西冲到他脸上，他的嘴唇发抖了，说不来话。

略略抖得好些时，他像自己作不来主似的连连说“没有什么，没有什么”，就离开了那位侄儿。

他在街头游魂似的走着。侄儿那些话，倒好像忘记了，他心头一起一落的，只是两个老观念：“逃避”呢，还是“负责到底”？他不自觉地兜了许多圈子，但也许因为脚下的习惯，终于不自觉地走到了“家”。

这已是午后一点多了，“家”里静悄悄，老太太，夫人，孩子，都在困中觉。正是一天里最热的时候，陶祖泰的大衫粘在背脊上，可是他的手指尖却冰冰冷。

他游魂似的飘到夫人跟前，看见了侧身朝里睡着的夫人，他忽然像醒了；侄儿说的话一句句都记得，尤其糟的，他也记起了昨晚上夫人很好的接待他。

这两种回忆夹在一起，他又抖起来了，他害怕，他觉得夫人是个大魔术家，他不敢用手去碰夫人的身体了，可是他的脚像钉住了在那里离不开，他又打定主意，不能不有几句话。他只好唤他夫人醒来。

陶太太翻身朝外，没有张开眼睛，嘴里却是“唔唔”地应着。

“起来！有几句话！”陶祖泰说，把全身力量都提到舌头和嘴唇上。

“呵——噢——”陶太太又应着，眼睛张开了一半，乍觉得丈夫的神气古怪，便扑嗤地一笑，可是笑亦只笑了一半，她就辨出丈夫的神气古怪中有可怕，她的眼睛就睁得大大的了。她迟疑地问：

“你吃过饭了么？”

“问你：怎么你又搬回二十号？”

陶祖泰这一问和太太那一问是同时出来的，太太显然没有听清，只觉得丈夫的嗓子逼得太尖，尖到刺耳朵。她怔怔地望着她丈夫。

“你回来的时候，为什么——为什么又搬回二十号官舱?”“哦——哦——”太太爬起来，脚尖勾着拖鞋：“那个么?……嗳嗨，后来，后来，快开船了，那个三十——四号官舱，也有男客住进来了，狠狠怕怕，像军界，……我一想，到底朱先生是熟人，就搬回去了。”

陶太太说着后半那几句时，一边喝着茶，虽然陶祖泰的两条阴森森的眼光一秒也没有离开她的面孔，然而她的脸色竟还和平常一样。

她的确没有撒谎，而且她也觉得“搬回二十号”不算怎么一回事，到家以后，早就忘了。

陶先生倒没有了主意了。他坐下了，低着头忖量该不该再问，譬如——“你和姓朱的同在一房做些什么?”可是要问到这些，陶祖泰就不是陶祖泰了。太太呢，还是照常文静陪坐在一边，不说话。

终于得了一个主意，陶祖泰轻轻叹口气，正想从“本来呢，轮船里单身女人和单身男客合一间房也不算什么，只是姓朱的为人……”这么开头，不料楼下忽然叫起“阿娥姐”来了，并且豁刺刺一片牌响，陶太太应一声，不慌不忙看了丈夫一眼，似笑非笑地嘴角一动，就翩然走了。

十三

楼下是牌响，楼上是陶祖泰踱方步的脚步响。他已经踱了一圈牌的时光了。他所“研究”的，还是没有结论。

忽然他的孩子轻手轻脚进来了。陶祖泰朝孩子看了一会儿，就蹲下身去，拥着孩子轻声问道：

“宝宝，乖些，同爸爸说——朱先生，和宝宝，妈妈，同船的，朱先生，来过么？”

孩子歪着头，摇摇头，却又说：“来过。”

“什么时候来的？”

“下半天。”

“咳，不是，——那一天来的？”

孩子摇头了，但小眼睛转了几转，忽然拉着陶祖泰走到窗前的方桌边，指着桌子上一只玩旧了的绒布老虎说：“老虎，外婆还没买给宝宝。”

“朱先生来了打牌么？”

“不打。”

这一回答，出乎陶祖泰的意外，他技穷了，正想换一方面问，譬如——“妈妈和朱先生在船上做什么？”可是孩子倒自动的说起来了：

“妈妈拿洋钱还朱先生，朱先生不要……”

“嗯，妈妈就不还了罢？”

“妈妈也不要。钱放在茶几上。……”

“哦?”

“后来，朱先生拿了，朱先生请妈妈去看戏。”

“呵呵，——外婆去么?”

“外婆不在家。”

“哦——宝宝去么?”

孩子摇摇头。陶祖泰心跳了，一时有许多问句塞在喉咙口，倒说不出来了。孩子爬上一张凳子，要取那绒布老虎。陶祖泰顺手拿给孩子，便又问：

“妈妈去看戏，几时回来?”

孩子正玩着老虎，不回答，但到底像又记得了，转过身去，指着他自己的小床说：

“宝宝睡了，妈妈来，宝宝醒了，妈妈给宝宝一粒洋糖。”

陶祖泰的心抖得有点痛了，闭了眼睛，暂时没有话。再张开眼睛，孩子已经走了，陶祖泰瞪直了眼睛，朝房里四处瞧。他无目的地动着桌子上的什物，无目的地抽开一只抽屉，又拍的关上了；抽开又关上，好几次，忽然一个呼声惊醒了他：

“啊哟！你——闷在楼上不热么？到底下去罢!”

这是陶太太。这回陶太太的声音有点异样。但是陶祖泰没有注意，太太拉他，他就跟着下去了。

楼下的“战友”，除了老太太，还是昨天那两位不认识的女客。陶太太忽然一定要丈夫代几付，陶先生一定不肯，就坐在太太身后，跟在汉口时一样。

陶太太本来是输的，现在却转了“风”了。她兴高采烈起来了。坐在她背后的陶祖泰独自胡思乱想，忽然乱丝中跳出个丝头来：“太太从没要他代打牌，刚才要他代，那不是怪?”而且太太打牌正吃紧，偏又巴巴地上楼来拉他下去“散闷”，也是怪?

这两个“怪”使得陶祖泰若有所悟，就坐不住了，他悄悄地踅到楼上，悄悄地有目的地开抽屉开衣橱了。

他在床前“夜壶箱”的抽屉里看见了自己那封长信和另一封也是自己的不大长的信。他又看见几封久远的旧信，都是朋友写给自己的。他正要将抽屉关上，眼光在那封长信的封皮上无意地一瞥，忽然忆起在汉口时写这封长信时的心情来了。这信是他的“得意之作”，虽然只能使太太打瞌睡。他惘然拈起这厚重的封套来，惘然抽出信来了。然而猛吃一惊，他看见竟不是他的笔迹。再一看，他的长信也在，可是另外多了一封信，也颇长。

他刚看了开头的称呼，心就别别地跳。他来不及似的一目扫下去，他头上像加了个紧箍；最后，他一仰身就倒在床上，咬着牙齿挣扎出一句话：“有那样的无耻，丑恶!”

现在他终于明白了：不但明白了太太和朱先生在船上做些什么，也明白了宝宝说的朱先生请太太去看戏，实在是做什么，宝宝醒来看见妈妈时实在天已经亮了；不过他也明白自这一次后朱先生就不在上海——回他自己的家乡去了。

陶祖泰迷乱痛苦了一会儿，倒反定心了些。现在他的情绪单纯化了：他恨自己的太太和朱先生；他也鄙视自己的太太和朱先生！

终于又变成了只有鄙视。“不要脸！这样的信也写得下！”他想，“顶淫的淫书也不过如此！不要脸！想不到她会做那些丑态，我从没见过她会那样——下作！”

他大澈大悟地对自己赌咒：“不值得，不值得我的操心，我的保护！算了，一身无牵无挂了！”

他坐起来，瞪着眼直视，好像要最后一次认识这房，这一切家具和什物。陶太太忽然悄悄地掩进来了。她的眼光立刻钉住了陶祖泰手里那封信，这时她脸上略红了一下。她嘴里响了一声，似乎是叹气，就坐在一张椅子里，低着头，好像一个低能的小学生等候老师责罚。

陶祖泰好像全身的血都涌到眼里了，他钉住了夫人看，他料不到夫人只这样坐着不作声，他想骂，但骂出口来时却竟单单骂了朱先生：

“简直是流氓，拆白党，畜生，狗……”

奇怪的是陶太太对于这样的恶骂竟毫无感应，好像被骂的人她压根儿就没认识。

陶祖泰走近他夫人一步；好像恨又好像怜悯似的说：

“在汉口的时候，我怎样说过来？我怎样为你打算？可是你半点口风也不露！你骗我，你骗了我半年了！”

“呵——呵！”陶太太忽然站起来，“在汉口，不骗你。嗳，嗳，我像做了一个梦，我像做了梦。”

因为是侧面，陶祖泰此时猛然看清了昨晚乍到时他所觉得太太的胖一些实在只是小腹隆起，是身孕。他像受了一针似的打个冷噤就指着太太的肚子冷笑说：

“这就是凭据。还说不骗呢！这不是我的，不是我的！”

他转身就走。他听得太太叫道，“是你的，是你的！”他听得一声响，他忍不住回头一看，太太伏在桌子上在哭了。他脚下停住了。但是又一转念到底一直走了。

十四

陶祖泰从岳家走出，并没有一定的计划，也无处可去。在他认为只有“姓朱的”居心不良而自己的“亲爱的”尚属洁白的时候，他以“保护”太太“负责到底”为壁垒，颇可安心在太太家里住下去。可是发见了“姓朱的”长信，他觉得没有理由再挑这付“担子”了。

他的心里安静了些，然而肚子却吵闹起来，于是信步走进了一家小馆子。

一边等饭菜，一边又摸出“姓朱的”那封信来看。

经过创伤的人忍不住要去摸摸伤疤，陶祖泰此时也是这种心理。

看到一半多，他鄙夷地摇摇头，就把信折起来，却好饭菜也来了，他就吃饭。“想不到，有那样下作！”——他嚼着饭，心里说。当然，他和夫人的同居生活虽非古圣贤那么文雅，可绝不像“姓朱的”信上描绘得那么不堪。

他再看那信了，这一次的心理是要看明白“这一双狗男女”到底有多么丑恶。他一边吃饭，一边慢慢地看。然而这一次那信上的描绘却“欧化”起来，一边是主动，又一边是被动；“她到好像中了催眠术！”——陶祖泰心里飘过了这样一个意思。这一次，他这才“发见”信纸反面也有字，寥寥数行，可是他看了就又心跳了。手里挟了筷子扶着头，他想着：“难道她那时真在被催眠状态么？不然，岂有发生了关系以后就把那人完全忘记了？”

陶祖泰的“平静”的心忽又扰乱起来。“新发见”要求他把“当面的整个形势”重新估量了。

“嗯！”他不了了之，把“姓朱的”那封信收进封套，顺手却把他自己那封长信抽了出来。他读自己这“得意之作”了，他一边读，一边又心跳起来；这里句句话都像是另一人在“教训”他自己！“伟大精神”的人，常常会宽恕人的，——即使是已经犯罪的人。而况犯罪者是被动，是在催眠状态。

“只是姓朱的实在可恶！”陶祖泰反复这样想，心像一个钟摆。

饭吃完了。他对着空碗碟出神。堂倌送过账单来，陶祖泰依然对着空碗空碟子出神。堂倌又来把空碗空碟子收去了。陶祖泰就对着油腻的桌面出神。堂倌站在面前不走了。陶祖泰这才省悟过来是在饭店。他看着账单，同时把口袋里的钱一古脑儿掏出来。他机械地本能地把手里的角票和铜子拼凑成账单上那个数目，就走出了饭店。

无意地看了看手里仅存的几毛钱，他兴奋地对自己说：“是姓朱的可恶！我的责任不能卸，我还是保护她，免得有更进一步的危险！”

于是走了回“家”的路。但经过一爿小照相馆时，他忽然灵机一动，走进去把“姓朱的”那封信拍了照。当照相师看着那封信做个鬼脸，又朝陶祖泰笑了一笑时，陶祖泰又懊悔不该多此一举，并且觉得这个照相师侮辱了他，也侮辱了他的夫人。然而已经拿出来，不拍也是不必要了。

从照相馆出来，陶祖泰已是不名一钱。他为什么要把那信拍照，自己也不明白；他总觉得不能不留个底。

回到“家”时，太阳正落山。“家”里意外地寂静。老太太在楼下哄着外孙，告诉陶祖泰：“阿娥姐身上不大舒服。”

陶祖泰觉得这话听在耳朵里怪受用。他看见夫人果然在床上，可是脸的神色仍跟平常一样。

“唉!”一见了丈夫，陶太太吐出这么个声音来，似乎是惊异，又似乎是放心了，然而也好像有点慌。

陶祖泰一声不响，走到夫人跟前，就从口袋里取出拍过照的那封信，放在夫人手边。

陶太太乍不知是什么东西，手一抖，看明白了原来是那封信时，拿起来就一条一条撕碎。撕到最后一条，陶太太轻声说：

“不骗你……，是你的……是你的。”

陶祖泰知道夫人这话是指的什么，心里忽然又酸痛起来，可是摇了摇头，只回答道：“算了吧！……”

“嗳，哟！真不骗你……”陶夫人坐了起来，“是你跳长江没死那夜有了的！”陶夫人忽然掉下眼泪来。

陶祖泰好像迟疑了一会儿，然后走近夫人一步，极低的声音颤抖着问道：

“那么……船上……船上是……第……第一次？……”

“呵！我像做了一个梦，一个梦……”

“哦……梦……”陶祖泰忽然也掉下眼泪来。

拟“浪花”

手头有一张“定货单”，是大众生活社的；今天再也延不下去了，不得不从速交货，可是还没有材料。翻开《大众生活》的创刊号，读完了圣陶兄的《一个小浪花》，我忽然想道：何不也用这材料诌上几句话呢？何不借车夫阿二来做主角，搪塞这一回的“定货”？于是连题目也有了，很现成的三个字——拟“浪花”。这算它是“序”罢！

茅盾

这一天是十一月五日，离开吴先生兑了一百〇五块钱的铜板，吴夫人兑了一千一百二十圆——三双的金手镯，乃至吴府对门李家张妈的号淘大哭，都已经有四十八小时以上的了。

这一天，吴先生上午十点钟就由车夫阿二“拉”到了“林老伯”家里。林府上请客。而且饭后说不定还要打几圈“小麻将”。因此吴先生就吩咐阿二拉了空车回去，到了下午四点多钟再来接他。

这一天上午九点钟光景，吴夫人刚刚上床睡觉。昨夜吴夫人也有应酬，打了一夜的牌，刚刚输掉了四十八小时以前吴先生兑了一百〇五块钱的铜板所得的“便宜”。

于是在这一天十一点钟到三点钟之间，车夫阿二就欢天喜地的“请假”出去办点“私事”。

车夫阿二常常有点“私事”。例如一星期前某天下午他也是捉空儿便在吴先生跟前请了三小时的假；也说有点要紧的“私事”。他这所谓“私事”却是去“摇会”。数目并不多，二十来块。那是和他同样是包车夫的赵阿五今年夏天老婆生了急病的时候朋合起来的。已经摇过三次，上星期那天阿二摇得了十点，他以为二十来块钱稳稳到手了，那里知道赶戏园的小贩钱麻子偏偏摇出个十一点，抢了去。

阿二的运气单就这一件事看来，似乎已经不大那个。而况那天摇了会回来，恰又碰到吴夫人早起床半个钟头，已经妆扮好了要出去“应酬”，吴府上人心惶惶正在查问阿二这个人到那里去了呢！

不过今儿这次“请假”，阿二知道决不至像上次那样险些儿闹个“大乱子”。今儿他的“私事”并没有

“进账”的希望，倒是“出账”的。化钱的事不像进钱的事要化那么多的工夫。

阿二已经有了老婆，并且还有八岁六岁的两个孩子；今天阿二的“私事”就是他老婆叮瞩过四五次的给孩子们买点布来缝棉衣。

大前天晚快边阿二拉着吴先生满市兜转来兑了一百〇五块的铜板的时候，阿二早已利用机会在物色他的孩子们的衣料；他比较下来，知道紫阳街一家布店价钱最便宜。他看中了一种印花的洋布，做孩子们棉衣的面子是很“崭”的；还有一种绒布很白很厚，然而价钱也还便宜。

因为是这么准备得充分的，所以阿二从吴府出来就直奔紫阳街去。

他到了预先看中的那家布店里，就从布的“柴堆”——阿二平日在吴府上叠的“柴堆”就跟那布的陈列式是一模一样的，指出他所选定的那两种布，也不再看价目，就带着一点“嘻嘻哈哈的神气”说道：

“喂，喂，每样七尺，——这一号花洋布跟绒布。”

“做什么用的？”一个伙计爱理不理似的走过来问阿二。

“嗨嗨，小孩子做两套棉衣，一个八岁一个六岁。”

阿二回答，还是“一付嘻嘻哈哈的神气”。并且还用手比了比他那两个孩子的高低。

“七尺不够裁，总得八尺呢！”那伙计从“布的柴堆”上挖出那指定的两种来，又加一句：“花洋布一角四，绒布一角三！”

“瞎！一角四？一角三？”阿二的神气不能再“嘻嘻哈哈”了；他朝那“布的柴堆”仔细再看一眼，没有错，是这一堆，而且是这一堆里的这两段，大前天晚上他记得很准的。他把眼光斜到了那伙计的脸上。“不要弄错了价钱罢？”

“错不了的？别家还要卖一角六，一角五呢！”

“可是大前天我看清楚的，是一角和九分；花洋布一角，绒布九分？”

“哦哦——大前天，不错？前天起就涨了价了！”

那伙计回答着，又是爱理不理的一付嘴脸了，而且鼻子里还轻轻一哼。

车夫阿二这可僵住了。他下意识地摸着衣袋里的两张一元钞票，——这还是今天他向吴先生“借转”的下月份工钱；他算一算，如果每样买七尺，两张一元钞票刚刚够；他忍不住叹了口气说：

“算了罢，每样剪七尺。”

“七尺两件小衣，八岁的和六岁的，老弟，你不够裁呢！顶少顶少七尺半！”

那伙计忽然和颜悦色起来了，手里的尺轻轻地敲着那布堆。

阿二一想，也觉得不够；去年他买过，是七尺，然而今年他的两个孩子又大了不少，高了不少呢，然而去年布店里的尺还不是“市尺”呢！他再算一算，剪七尺半一共要二块二分多一点，他衣袋里却只有两张一元钞票，此外半个铜子也没有。然而他还得买棉絮。

“马马虎虎，剪七尺，多放半尺罢！”阿二对那伙计恳商了。

“呀！劝你剪七尺半，也还得放你半尺，你这才够裁呢！”

那伙计冷冷地说，就用尺敲着那两段布，又懒懒地拿起那段布往“布的柴堆”上一丢，转身走开去了。

阿二也非常扫兴地走出了那家布店。他懊悔大前天晚上拉着吴先生兑铜板的时候不曾向吴先生“借转”两张一元钞票买了那两种布。现在只隔了两天，可是同样的两张一元钞票已经买不到同样多的布！而且他的两位宝贝儿子也决不肯因为钞票的购买力缩短了就把身材也缩短缩小些！

但是阿二还痴心妄想有这么一家布店不会涨价。他一路留神看着所有的挂着“大减价”旗帜的布店，他几乎忘记了三点钟以前还得赶回吴府伺候吴夫人的差使。

在转角上，阿二听得有人在背后叫他；那正是赶戏园的小贩钱麻子。

“阿二！你有没有现洋？现洋钱！”钱麻子把阿二拉

在一边，附着耳朵鬼鬼祟祟地说。

——钱？难道你上星期刚摇着了会就化光了么？阿二的瞪大了的眼睛表示着这样的意思，钱麻子也立刻懂得这意思。他皱着眉头一笑，声音说得更低些：

“现洋钱！你有，我跟你买，一块钱贴你十个铜板！”

“什么？有买洋钱的？你用什么来买呢？”阿二更加弄不明白了。

“嘿嘿！吵得这么响干什么！——用钞票跟你买呀！一块钞票买一块现洋，再贴你十个铜板——哦，老朋友，贴你十二个铜板，马马虎虎！”

现在阿二不能不明白过来了。他至少已经明白一块现洋会比一块钞票多十二个铜子；要是他衣袋里的财产是两块现洋，那他就可以买得那两种布，并且还可以买点棉絮。

“咳！没有！”阿二很伤心地回答了，拔步便走。

他走了不多几步就想起为什么钱麻子要“买现洋”，买去又作什么用？他回头看看钱麻子已经不见了，他只好把这闷葫芦放在肚子里。

同时他的思想又转到了别方面去；他想，回头碰到对门李家的张妈，倒要告诉她，现洋还是有人要的，她的“三十只洋”还可以多三百六十个铜子，他又想老太太箱子里还有三百块雪白的现洋。那就会多出三千六百个铜子。三千个六百铜子！还是照钱麻子口里的“市价”呢！

似乎三千六百个铜子这数目太大，阿二想得眼睛里也冒火了；他不再看布店里的价钱，很生气似的就一口气跑回吴府去。

吴夫人早已穿好了大衣，正在查问阿二。

“快点！快点！我要出去买东西！”吴夫人就坐在包车上，她那高跟皮鞋的二寸高的后跟阁阁地敲着踏脚板。阿二连喝一口热茶的空儿也没有，拖起车子就再上街去。

跑过了一条街，吴夫人就叫“停住”。她走进了一家洋货店。

阿二坐在踏脚板上，喘着气，擦额角上的汗，有两个人在他身边走过；——“瞎！米价一涨就是半块！”阿二听得这么说。“日常家用的东西那一样不涨呵！”——又是这么一句钻进了阿二的耳朵。阿二抬起头来正想问一问，可是吴夫人也出来了。

“岂有此理！肥皂也涨上二成！”吴夫人自言自语地就坐上了包车。

“哈哈，太太！这还是存货，进本小，马马虎虎贱卖了的！”

捧着一箱南洋厂洗衣肥皂的伙计陪笑说，便将那箱肥皂放在踏脚板上。阿二忧悒的眼光朝那箱肥皂看了一眼，就拉起车子再走。

这以后，吴夫人又叫停住了三四回。但这三四回，阿二等候的工夫可就多些了；他呆呆地坐在踏脚板的肥皂箱上或是没精打采站在车旁的时候，只听得来来往往的过路人全是议论着“日常家用东西”涨价的。他似乎被这些议论塞饱了，胸口闷闷的怪难受。

吴夫人从一家小规模的百货商店里挟着个不大不小的纸包出来时倒微笑着自言自语地又像对阿二似的说了一句：“来路货的香水，香粉，口红，指甲油，倒还涨得不多！”

现在包车上也就堆得满满的了。吴夫人很性急地连声叫着“快回去”。除了那一箱肥皂，车上实在没有什么沉重的东西，吴夫人的身量也不是重的，然而另有一宗看不见的沉重的东西——“各项日用品的大涨价”，压在车夫阿二的心头。

而这一宗看不见的“东西”就跟现银子似的，越来越沉；车夫阿二觉得三天叫他拉这么一段路只要使出七分力气就够，但现在他使出了十分十二分的力气还不能叫吴夫人满意。车夫阿二也自觉得诧异：怎么他的力气也打了折扣?

吴先生早已在家里了，看见吴夫人买了那么许多东西回来，就哈哈笑着说道：“你是趁价钱还没涨足，赶快先囤点起来，是不是?”

“怎么不是呢！”吴夫人一面叫阿二把东西归起类

来，一面回答。“你看！这里是南货，这里是化妆品，这里是绸缎，——大家都说再过半个月会涨上四五成的！你算算，这该便宜了多少？”

吴夫人说时得意极了，就连腰酸也忘记。

这时车夫阿二正捧了那箱肥皂进来，一听这语，不由得站住了问道：

“先生，当真东西还要涨价么？”

“自然要涨的！还要涨的！”吴先生很认真地回答着，一面像想起了什么似的慢慢踱着方步。

“哎——”车夫阿二低声叹了口气，忽然想到大前天晚上他还自鸣得意，说是做一天吃一天，“只要力气换得来饭吃，”随便是用洋钱用钞票都和他不相干的，可是不料东西会涨价，他的“换饭吃”的“力气”也就无形中打了折扣。而且他忽然又想到自己要不是做一天吃一天的，——要是身边也藏着多少现洋——就算是钞票罢，那他岂不是也可以趁这机会像吴夫人那样占点小便宜？

“嗯，我今天席面上听得林老伯的世兄说起，”那边吴先生踱到夫人面前就站住了，悄悄地说。“他这位世兄是出洋学银行回来的啰，——嗯，他说：禁用现洋以后，公债一定要大涨的，——会涨起九五呢！”

“哦！”吴夫人只随便应了一声。

“会涨到九五呢！现在却不过七十关口。你算算——嗯，我，我想起你前天兑的金子要是买了公债不是大大的赚进一票么？……”

“金子也要涨的！”吴夫人尖利地打断她丈夫的话。她怎肯认输？

“嗯嗯，然而——”吴先生凑在夫人耳边叽叽咕咕的说个不住了。

窗外的日影越来越斜了。车夫阿二坐在有太阳的阶沿石上闷闷地想不通为什么事情碰出来又该是他做一天吃一天的人倒楣。而且他的两个宝贝儿子又在一天一天大起来，吃的穿的都是一天一天要多些。

忽然吴先生在屋里大声喊了：“阿二！阿二！”

于是阿二慌慌张张跑了进去。

搬的喜剧

隔壁那一家又在弹奏风琴了。

独—独—咪—咪—骚—骚……声音是和平而中正。

挂念着丈夫还没回来的黄太太听了这风琴声音便侧著耳朵，似乎很能“欣赏”的样子。

黄太太的神经系里，——不是说一句过分的话，实在找不到半根“风雅”或“艺术味儿”的纤维。她的神经，每天经过两度刻板文章似的声浪的播弄：第一次是清早上小菜场，这有半小时之久，她沉浸在“菜场的交响曲”里；第二次便是隔壁那一家的风琴“独奏”，这，通常在午后六时左右，正当黄先生从“写字间”出来回家的路上，而且黄太太常是等得心焦，幻想着黄先生莫不是被汽车或电车撞伤了的时候。

刚搬来那几天，黄太太独坐在渐渐辨不清红色和黄色的客堂里听得了这风琴声，便不免心有些颤抖。她觉得那单调的“独—独—咪—咪”很不像是吉祥的调门，她联想到丈夫被汽车撞倒在马路上张开大口喘气或是哀嗥的声音。

她对于这风琴声音“好感”起来，还是不多几天的事。

但是，请不要以为黄太太这“好感”是突然发生的。她在“好感起来”以前，先有过对于这“独独，咪咪”的认识或理解。“好感起来”至少不过一星期；但“认识”或“理解”却已经有了一个多月的历史。

那是她搬来以后第三个月的一天午后，太阳光偏西四十五度，她站在后门上跟后门对过的“前楼嫂嫂”谈起无线电播音里的“哭妙根笃爷”，接着就拉扯到她所认为怪异不祥的风琴声。

黄太太将双手一洒，脸上摆出了极浓重的表情，隔着一付卖洋袜，雪花膏，骨簪，宽紧带，小镜子乃至花洋布的“叮当担”，朝“前楼嫂嫂”喊过去，打着“外路式”的上海白：

“啊唷唷！真是讨气得来！肚肚骚骚，天天要弄到黄昏！还唱呢！啊，前楼嫂嫂！阿有个唱啥个‘猪耳朵’，‘猪儿肚子’？唷唷！”

“嗳！嘻嘻！”有人小声儿笑了，却不是“前楼嫂嫂”。

黄太太赶快转过脸去看，那人的两片红嘴唇还是嘻开着。黄太太虽然不是“交际专家”，却也认得那人是住在她隔壁那家有风琴的再隔壁一家姓赵的一位小姐。

黄太太就朝赵小姐笑了一笑，算是行过相见礼，就说道：

“阿是？猪耳朵，猪儿肚子？”

“光景是唱的‘咨尔多士’罢？嘻嘻！”赵小姐颇有点卖弄才情的脾气。“下边还有一句：‘为民前锋’！对不对呢？”

“是呀，是呀！猪耳朵，猪耳肚子，我懂；就弄不清啥个要命风！”

“嗳——嗨嗨！”赵小姐似乎很可怜黄太太的无知。“不是的。不是这么说的。‘为民前锋’，是说保护老百姓，替老百姓打头阵。”

“哦——那末，是叫猪耳朵猪肚子打啥个头阵哉！哈哈！”

“嗳——嗳！不是不是！嗯——是说他们——他们自己这伙人！”

赵小姐还是一脸的“可怜着黄太太的无知”的表情，然而她的解释有些支吾了，实在因为这上面的一句，她也不很了了。

叮叮当！当当叮！那“叮当担”的小贩忽然祭起他的法宝。

“喂，对门嫂嫂！来看，迭一板纱边那能？”

走在“叮当担”旁边的“前楼嫂嫂”招呼黄太太去做“评判员”了，“猪耳朵”和“猪肚子”的议论就此结束。

然而从这一次赵小姐的“启示”以后，再加之黄太太自己的打听。——或者也应当归功于女仆的报告，黄太太渐渐弄明白了那家有风琴的隔壁邻舍是何等样的人了。

然而她对于“独独骚骚”和“猪耳朵——”“猪肚——子”的声音“好感起来”，却是在所住这一带谣言大盛而且在她所住这一带更北的区域有人匆匆忙忙搬家的时候。

黄太太决不是笨人。她的联想力，老实可说是很丰富。对于许多事，她常常有她的看法。

阴历十月（黄太太记阴历的本事比记阳历好，甚至比记星期几还好，——她不是教徒，然而因为丈夫七天之内有一天休息，所以她也能记“礼拜”，）月亮圆过后第二天下午，黄先生从“写字间”回家来，例外地早了半个钟头模样，可是黄先生的脸色却也例外地尴尬；黄太太倒还不大觉到。

“真是糟糕！外边三三两两都在说，又要打仗了！”

黄先生喝了一杯热茶以后，似乎再也耐不住了，就自言自语地说着。

“喔喔唷！”黄太太像在厨房里做菜时手上溅着了烫油，只喊了这一声，同时她的眼光却钉住在黄先生的脸上。这脸的一付尴尬神气，现在她也觉到了。

黄先生伸手到脸上去抹了一把，似乎黄太太那种死钉住了看的眼光使得他脸上难过。他慢吞吞地又说道：

“说是一个水兵无缘无故被人家打死了，——嗯，也不知道是什么人打死的，——嗯，铁甲车就开出来了；电车里听听，七舌八嘴都说要打要打；写字间里还接到天津分行来的电报，问这里的局面到底怎样？——嗯，刚才回来，一路上看见的搬场车子，可真也不少！”

“搬场？又要搬场？真好白相哉，才搬来了四个月，又要搬场？”

黄太太的口气好像在跟黄先生吵架；黄先生那一番话的一大半，实在黄太太也个个字都听明白，可是她所特有的“黄太太式”的“拥护和平”的表示就是“才搬来了四个月又要搬，真真好白相？”

“有什么法子呢？要是风声当真紧的话？”

黄先生很提不起精神似的说，双手一摊，便仰起了脸，朝天花板呆怔怔地看着。

黄太太的眼光也跟着望住了那灰白色的天花板了，似乎那天花板上便写得有“办法”。

这当儿，忽然有呜呜洪洪的响声传到了他们的耳朵。黄先生猛的心一跳正要喊出一声“什么”！可是那响声已经变成“独独味味骚骚”了；原来还是隔壁人家的风琴。

这一回只是弹，并没唱。然而听熟了的黄太太听到那“骚法拉骚”四个声音时就想到“猪耳朵——”或“猪儿肚——子”了；同时她的异常丰富的联想就忽然飞渡到隔壁再隔壁的赵小姐曾经解释过而她后来每听得风琴声常会恍恍惚惚记起来的那番话。

“不要紧!”黄太太忽然想通了似的说。“喂，不要紧的！如果一定要打，那么，隔壁人家不是天天唱着要去打头阵么？等他们出去打头阵了，我们马上搬也还不迟。”

“哦——哦？”黄先生听了他太太的一番妙论，骤然之间倒还摸不着头脑。

“哎——怎么你想不过来呀!”黄太太不耐烦地大声说，颇有点可怜她丈夫头脑太不灵。“同你说，看他们怎样我们便怎样，懂不懂？”

呵！呵！黄先生忍不住笑了。他终于领会了太太的妙论了。为的关于“猪耳朵”的故事太太也说过不止一次。他嘉许他太太似的点着头。但是他又有他的看法，虽然“结论”可以和太太合拍。

他又伸手到脸上去抹了一把，沉吟著说道：

“嗯！话倒也不错。到底他们是‘近水楼台’，万一事情闹急了，他们岂有个不先晓得的道理？——嗯，看他们怎样我们便怎样，——嗯，这话到也不错。”

这时隔壁的风琴声音愈叫愈尖了，大有声嘶力竭的样子。

是在这一天“夫妻会议”以后，黄太太听得了那“独独——骚骚——”的声音便会侧著耳朵，似乎很能

“欣赏”的样子。

她盼望她的“高邻”一天到晚“独独骚骚”。因为这就表示屋子里还有人，还没出去“打头阵”。

然而她愈盼望多来些“独独骚骚”，那“独独骚骚”，好像愈加摆架子；这一二天内除了午后六时左右偶然来几声，就老是在那里装哑。当黄太太开始取了“似乎很能欣赏”的姿势的第三天上，那家伙只“独独咪咪”的三两声就胡胡地乱叫一阵，就没有了声音。

直到黄先生回来了，那家伙还是不曾出过声。

这一天黄先生又慌慌张张提起了“搬家”的话。据他说他有些同事住在更北些的弄堂里的昨天都搬了，那些弄堂好像都已经搬空。

然而黄太太居然不动摇。她这天下午二点钟光景也在弄堂门口看见有搬场汽车走过，也听得后门对过那位“前楼嫂嫂”夹七夹八说了许多叫人害怕的谣言，——甚至她早上去买小菜，那肉摊头的汉子硬要涨三个铜子一斤也把“又要打仗了”作为惟一的理由：然而即使有这种种，再加上眼前黄先生那付慌张的尊容，黄太太还是主意打得老定。她虽然不听得“独独骚骚”了，她可听得隔壁楼板上的脚步声。很匆忙很热闹的脚步声。

“不要紧，包在我身上。我时时刻刻在这里留心。你听呀！”

黄太太极有把握地说。

她这种坚决的态度居然使得黄先生也胆壮些了。而况有风琴的隔壁人家确是脚步声说话声热闹得很。

“可以不搬呢，自然顶好；上场搬到下场，化了三天饭粮，——刚住了四个月又要搬，我可真真吃勿消呀！”

黄先生表示着同意了太太的“政见”了。太太也赶快接口说：

“可不是么！要不是刚搬来，那就搬搬也好。”

这一天的夜饭仍然很舒服的吃了。黄太太很放心的倒在床上就睡着了，黄先生却总有点不及他的太太，一时竟睡不着。他想想同事们说的那些，就不放心起来；然而听听有风琴的高邻还是的笃的笃的脚步响，还是叽叽咕咕的说话响，他心头就又一宽。

将近十一点钟，黄先生也睡着了。但是忽然接连的两响把他吓得从被窝里直跳了起来。

砰——！砰砰！砰——！

声音从外边来的。决不是做梦，也不是耳闹。

“不好了！”黄先生大叫一声，就拖往了睡得像死猪的太太爬下了床。

“什么！什么？”黄太太揉着眼也有点慌张。

“你听！哎！都是你——”

砰砰！砰——！声音又来了。这一次却近在窗外，而且清楚得很，而且甚至于黄先生自己也以为这就从隔壁人家出来，而且大大像枪炮声了。

“啐!”黄太太侧着耳朵听了一会儿。“你真是活见鬼了！隔壁人家的客堂门没有关得好呀！今夜有风，风很大。”

“哦——哦——”黄先生只好认输陪笑，再请太太上床。

因为有晚上这个虚惊，第二天早上黄先生到“写字间”去的时候，黄太太还在睡乡。

天又是阴天。黄太太到十点钟睡足了，睁开眼一看，还以为时光很早。

黄太太是素来不大讲究修饰的，不过要在没有眉毛的眉棱上画出一条弯弯的一条线似的眉毛来，也得二十分钟，这一天当然也不是例外。

什么都弄好以后，黄太太正想照例上小菜场去，这才知道已经十一点钟过头了。这一阵拗口风就把黄太太的“平静心境”打破。她骂女仆“不识好歹”，怎么不早早叫醒她。又诅咒天，不出太阳。她拿出两毛钱来丢给那女仆，忿忿地说：

“随你去买点什么！随你去买点什么!”

直到吃过中饭，黄太太方才觉得心头那股气平了下去。但是她又仿佛觉得还有一件事也被天公的“不出太阳”以及女仆的“不识好歹”耽误了。她从客堂走到厨房，又从厨房走到客堂，一边嘴里咕噜着，一边心里在想；终于被她想出来了，原来还没“留心”听过隔壁的有风琴人家的动静。

然而这时候那女仆已经收拾好碗筷，似乎要补救她的“不识好歹”，忽然走到黄太太跟前悄悄地报告道：

“隔壁那家搬走了。昨夜里连夜搬的！”

“瞎！你瞎说！”黄太太直跳了起来。“哼！不识好歹！……”

黄太太也没有工夫多骂女仆，一阵风似的跑出后门去，又一阵风似的从后门回来又跑出前门去；可是隔壁人家的前门和后门都关得好好的，——从门缝里看也看不出什么。

“不识好歹！为什么不早说！”黄太太带哭似的骂著那女仆，就又顿顿顿的跑上楼去了。

在这里，又可以证明黄太太决不是笨人。她有急智。开了楼窗去侦察隔壁人家的内容，自然比在前后门门缝里张望要清楚些。黄太太不怕掉在天井里似的伛出了上半身去看，她固然看见了隔壁人家客堂的一角。单是一角也够了。

“怎么办呢？怎么办呢！他又上写字间去了！”黄太太从窗口抽身回转，就开了衣橱，开了柜子，嘴里是歇斯底里地叫著，手里却不知道掳掇些什么好。

她一会儿想：还是马上到“写字间”把黄先生叫出来

罢？但她又不放心离开这个“家”。和后门对过的“前楼嫂嫂”商量一下罢？但是她明明看见“前楼嫂嫂”出门去了。她转了许多念头，觉得没有一个是拿得稳的。只有一点她“拿得稳”，就是万万等不及黄先生放工回家。

最后，她决定去借打一个电话。她并没知道黄先生工作处的电话号码，但她想来偌大一家天龙洋行总可以问得到。

同样叫做“天龙洋行”的电话号码倒有五六个之多。米店里的伙计问黄太太要的是那一个。

“格末，先摇头一个罢。”黄太太哭丧着脸回答。

第一个号码回答说“没有姓黄的”。第二个号码摇不通。第三第四，所答非所问。米店伙计的脸色不好看起来了，黄太太也急死了，然而天色也在黑下来，六点钟就要到了。

黄太太赌气不打电话。回到弄堂口，恰好碰见了隔壁再隔壁的赵小姐从黄包车上下来。

“嗳嗳，打不打？打不打？”黄太太一把拉住了赵小姐问著，她希望赵小姐回答“不打”，至少是“今天不打”。

“怎么不打！”赵小姐一面付车钱，一面回答。“这一下打起来，苏州跟杭州也要打在里边了！”

“呀呀，那末，法兰西地界呢？”黄太太转不过气来似的问著。

“靠不住！靠不住！”赵小姐很有把握似的说，便走进弄堂去了。

黄太太呆了一呆，但立刻追上去叫道：

“赵小姐！赵小姐！做做好事，告诉我，那里靠得住？那里？”

“四川是靠得住的！四川！”赵小姐歪转头来回答。

“四川？阿是四川路？上一回是——”

“哈哈！”赵小姐倒站住了，似乎是可怜黄太太的无知，就大声说道：“不是四川路，是四川省！出白木耳的地方，远得很呢，懂不懂？”

“哦！苏州过去多少路？”

“哎！你不懂！”赵小姐说着就自顾走了。

以后的事情是很简单的。六点钟刚过，黄先生满脸慌张回家来了。夫妻两个各人要抢先地交换了“情报”。黄先生的是那边“司命部”前已经堆了沙包；黄太太的是隔壁人家昨夜连夜搬走，以及赵小姐的话。

天可是在下雨了。黄先生和黄太太雇了黄包车，一个大包裹和一口衣箱，夜饭也没吃，就离开了那弄堂。

第二天上午，黄先生请了半天假，同太太雇好了小车再到那“危险区域”，打算“搬家”。可是刚把家具装上了小车，就有一位警察走过来说：

“搬家么？今天不准搬了！上头有告示！”

大鼻子的故事

一

在“大上海”的三百万人口中，我们这里的主角算是“最低贱”的。

我们有时瞥见他偷偷地溜进了三层楼“新式卫生设备”的什么“坊”什么“村”的乌油大铁门，爬在水泥的大垃圾箱旁边，和野狗们一同，掏摸那水泥箱里的发霉的“宝贝”。他会和野狗抢一块肉骨头，抢到手时细看一下，觉得那粘满了尘土的骨头上实在一无可取，也只好丢还给本领比他高强的野狗。偶然他检得一只烂苹果或是半截老萝卜，——那是野狗们嗅了一嗅掉头不顾的，那他就要快活得连他的瘦黑指头都有点发抖。他一边吃，一边就更加勇敢地挤在狗群中到那水泥箱里去掏摸，他也像狗们似的伏在地上，他那瘦黑的小脸儿竟会钻进水泥箱下边的小门里去。也许他会看见水泥箱里边有什么发亮的东西，——约莫是一个旧酒瓶或是少爷小姐们弄坏了的玩具，那他就连肚子饿也暂时忘记，他伸长了小臂膊去抓着掏着，恨不得连身子都钻进水泥箱去。可是，往往在这当儿，他的屁股上就吃了粗牛皮靴的重重的一脚：凭经验，他知道这一脚是这“村”或“坊”的管门巡捕赏给他的。于是他只好和那些尾巴夹在屁股间的野狗们一同，悄悄逃出那乌油大铁门，再到别地方进行他的“冒险”事业。

有时他的运气来了，他居然能够避过管门巡捕的眼睛，踅到三层楼“新式卫生设备”的一家的后门口，而又凑巧那家的后门开着，烧饭娘姨正在把隔夜的残羹冷饭倒进“泔脚桶”去，那时他可要开口了；他的声音是低弱到听不明白的，——听不明白也不要紧，反正那烧饭娘姨懂得他的要求，这时候，他或者得半碗酸粥，或者只得一个白眼，或者竟是一句同情的然而于他毫无益处的话语：“去，不能给你！泔脚是有人出钱包了去的！”

以上这些事，大概发生在每天清早，少爷小姐们还睡在香喷喷的被窝里的时候。

这以后，我们也许会在繁华的街角看见他跟在大肚子的绅士和水蛇腰长旗袍高跟鞋的太太们的背后，用发抖的声音低唤着“老爷，太太，发好心呀”。

在横跨苏州河的水泥钢骨的大洋桥脚下，也许我们又看见他忽然像一匹老鼠从人堆里钻出来，蹿到一辆正在上桥的黄包车旁边，帮着车夫拉上桥去；他一边拉，一边向坐车的哀告：“老爷，（或是太太，……）发发好心！”这是他在用劳力换取食粮了，然而他得到的至多是一个铜子，或者简直没有。

他这样的“出卖劳力”，也是一种“冒险生意”。巡捕见了，会用棍子教训他。有时巡捕倒会“发好心”，装作不见，可是在桥的两端有和他同样境遇然而年纪比他大，资格比他老的同业们，却毫不通融，会骂他，打他，不许他有这样“出卖劳力”的自由！

就是这样的“冒险生意”也有人分了地盘在“包办”，而且他们又各有后台老板，不是随便可以自由营业的。

但是我们这位主角也有极得意的时候。

这，通常是在繁华的马路上耀亮着红绿的“年虹灯”，而僻静的小巷里却只有巷口一盏路灯的冷光的时候。我们的主角，这时候，也许机缘凑巧，联合了五六个乃至十来个和他年纪相仿的同志，守在这僻静的小巷里。于是守着守着，巷口会发现了一付饭担子，也是不过十二三岁的一个孩子挑着，是从什么小商店里回来的。这是一付吃过的饭担子了，前面的竹篮里也许只有些还剩得薄薄一层油水的空碗空碟子，后面的紫铜饭桶里也许只有不够一人满足的冷饭，但是也许运气好，碗里和碟里居然还有呷得起的油汤或是几根骨头几片癞菜叶，桶里的冷饭居然还够喂一条壮健的狗；那时候，因为优势是在我们的主角和他的同志这边，挑空饭担的孩子照例是无抵抗的。我们的主角就此得了部分的满足，舐过了油腻的碟子以后，呼啸而去。

然而我们这位主角的“家常便饭”终究还是挨骂，挨棍子，挨皮靴；他的生活比野狗的还艰难些。

二

在“大上海”的三百万人口中，像我们这里的主角那样的孩子究竟有多少，我们是不知道的。

反过来说，在“大上海”的三百万人口中，究竟有多少孩子睡着香喷喷的被窝而且他们的玩厌了弄坏了的玩具丢在垃圾箱里引得我们的主角爬进去掏摸，因此吃了管门巡捕的一脚的，我们也不大晓得。或者两方面的数目差得不多罢，或者睡香喷喷的被窝的，数目少些，我们也暂且不管。

可是我们却有凭有据的晓得：在“大上海”的三百万人口当中，大概有三十万到四十万的跟我们的主角差不多年纪的孩子，在丝厂里，火柴厂里，电灯泡厂里，以及其他各式各样的工厂里，从早上六点钟到下午六点钟让机器吮吸他们的血！是他们的血，说一句不算怎么过分的话，养活了睡香喷喷被窝的孩子们以及他们的爸爸妈妈的。

我们的主角也曾在电灯泡厂或别的什么厂的大门外看见那些工作得像人腊似的孩子们慢慢地走出来。那时候，如果他的肚子正在咕咕地叫，他是羡慕他们的，他知道他们这一出来，至少有个“家”（即使是草棚）可归，至少有大饼可咬，而且至少能够在一个叫做屋顶的下面睡到明天清早五点钟。

他当然想不到眼前他所羡慕的小朋友们过不了几年就会被机器吮吸得再不适用，于是被吐了出来，掷在街头，于是就连和野狗抢肉骨头的本领也没有，就连“拉黄牛”过桥的力气也没有，就连……不过，这方面的事，我们还是少说些罢，我们还是回到我们的主角身上。

他不是生下来就没有“家”的。怎样的一个“家”，他已经记不明白。他只模糊记得：那一年忽然上海打起仗来，“大铁鸟”在半空里撒下无数的炸弹，有些落在高房子上，然而更多的却落在他“家”所在的贫民窟，于是他就没有“家”了。

同时他亦没有爸爸和妈妈了。怎样没有了的，他也不知道；爸爸妈妈是怎样个面目，现在他也记不清了，那时他只有七八岁光景，实在太小一点；而且爸爸妈妈在日，他也不曾看清过他们的面目。天还黑的时候他们就出去，天又黑了他们才回来，他们也是喂什么机器的。

不过，他有过爸爸妈妈，而且怎样他变成没有爸爸妈妈，而且是谁夺了他的爸爸妈妈去，他是永久不能忘记的。他又明白记得：没有了爸爸妈妈以后，他夹在一大群的老婆子和孩子们中间被送进了一个地方，倒也有点薄粥或是发霉的大饼吃。约莫过了半年，忽然有一天一位体面先生叫他们一伙儿到一间屋子里一个一个问，问到他的时候，他记得是这样的：

"你有家么?"

他摇头。

"你有亲戚么?"

他又摇头。

于是那位体面先生也摇了摇头。用一枝铅笔在一张纸上画一笔，就叫着另外一个号头了。

这以后，不多几天，他就糊里糊涂被掷在街头了，他也糊里糊涂和别的同样情形的孩子们做伴，有时大家很要好，有时也打架，他也和野狗做伴，也和野狗打架；这样居然拖过了几年，他也惯了，他莽莽漠漠只觉得像他这样的人大概是总得这样活过去的。

三

照上面所说，我们这里的主角的生活似乎颇不平凡然而又实在平凡得很。他天天有些"冒险"经历，然而他这样的"冒险"经历连搜奇好异的"本埠新闻"版的外勤记者也觉得不够新闻资格呢。

好罢，那么，我们总得从他的不平凡而又平凡的生活中挑出一件“奇遇”来开始。

何年何月何日弄不清楚，总之是一个不冷不热没有太阳也没刮风也没下雨的好日子。

这一天之所以配称为他生活史上的“奇遇”，因为有这么一回事。

大约是午后两点钟光景，他蹲在一个“公共毛厕”的墙脚边打瞌睡。这是他的地盘，是他发见，而且曾经流了血来确定了他的所有权的。提到他这发见，倒也有一段小小的历史，那是很久的事了，他第一次看见这漂亮的公共毛厕，就觉得诧异：这小小的盖造得颇讲究的房子到底是“人家”呢，还是“公司”？那时正有一位大肚子穿黑长衫的走了进去，接着又是一位腰眼里挂着手枪的巡捕，接着又是一位洋装先生，——吓，都是阔人，都是随时有权力在他身上踢一脚的阔人，他就不敢走近去。他断定这小屋子至少也是“写字间”了，不免肃然起敬。然而忽然他又看见从另一门里走出一个女人来，却不像阔人们的女人。接着又有一个和他差不多的孩子也进去了，这可使得他大大不平，而且也胆壮起来了，他偷偷地踅近些一看，这才恍然大悟：原来那些阔人们进去办的是那么一桩“公”事！他觉得被欺骗了，被冤枉地吓一下了，他便要报仇；他首先是想进去也撒他妈的一泡尿，然而蓦地又见新进去一人把一个铜子给了门口的老婆子，他又立即猜想到中间一定还有“过门”，不可冒昧，便改变方针，只朝那小屋子重重吐一口唾沫，同时拣定门边不远的墙脚蹲了下去，算是给这骇了他的小屋子一种侮辱。

那时，他并没有把这公共毛厕的墙脚作为他的地盘的意思。然而先前进去的和他差不多的那个孩子这当儿出来了，忽然也蹲到他身边，也像他那样背靠着墙，伸长两条腿，摆成一个“八”字。他又大大的不平。

“嗨！那里来的小乌龟！”他自言自语的骂起来。

“骂谁？小瘪三！”那一个也不肯示弱。

于是就扭打起来了。本来两方是势均力敌的，但不知怎地，他的脑袋撞在墙壁上，见了红，那一个觉得已经闯祸，而且也许觉得已经胜利，便一溜烟逃走。只留下我们的主角。从此就成为这公共毛厕墙脚的占有人。

现在呢，他对于这公共毛厕的“知识”，早已“毕业”了；他和那“管门”的老婆子也居然好像有点“交情”。现在，当这不冷不热又没太阳又不下雨刮风的好日子，他蹲在他的地盘上，打着瞌睡，似乎很满意。

这当儿，公共毛厕也不是“闹汛”，那老婆子扭动着她的扁嘴，似乎在咀嚼什么东西。她忽然咀嚼出说话来了，是对墙脚地盘的“领主”：

“喂，喂，大鼻子！你来代我管一管，我一会儿就回来的。”

什么？大鼻子！谁是大鼻子？打瞌睡的他抬起头来朝四面看一下，想不到是唤他自己，然而那老婆子又叫过来了：

“代我管一管罢，大鼻子；我一会儿就回来。谢谢你！”

他明白“大鼻子”就是他了，就老大不高兴。他的爸爸妈妈还在的时候，他有过一个极体面的名字，他自己也叫得出来；可是自从做了街头流浪儿以后，他就没有一定的名字。最初，他也曾把爸娘叫他的名字告诉了要好的伙伴，不料伙伴们都说“不顺口”，还是瞎七瞎八乱叫一阵，后来他就连自己也忘记了他的本名。然而，伙伴们却从没叫过他“大鼻子”。他的鼻子也许比别人的大一些，可是并没大到惹人注意。他和他的伙伴对于名字是有一种“信条”的：凡是自己身体上的特点被人取作名字，他们便觉得是侮辱。例如他们中间有一个叫做小毛的瘌痢孩子，他们有时和他过不去，便叫他“瘌痢”。

因此，他忽然听得那老婆子叫他“大鼻子”，他就老大不高兴，然而不高兴中间又有点高兴，因为从来没有谁把他当一个人托付他什么事情。

“代你管管么？好！可是你得赶快回来呢！我也还有事情。”

他一边说，一边就装出“忙人”的样子来，伸个懒腰站起了身子。

老太婆把一叠草纸交给他，就走了。但是走不了几步，又回头来叫道：

“廿五张草纸，廿五张，大鼻子!”

“吓吓，那我倒要数一数。”

他头也不抬地回答，一边当真就数那一叠草纸。

过不了十分钟，他就觉得厌倦了。往常他毫无目的毫不“负责”地站在一个街角或蹲在什么路旁，不但是十分钟就是半点钟他也不会厌倦；可是现在他却在心里想道：

“他妈的，老太婆害人！带住了我的脚了！走他妈的!”

他感到负责任的不自由，正想站起来走，忽然有人进来了，噗的一声，丢下一个铜子。

从手里递出一张草纸去的时候，“大鼻子”就感到一种新鲜的趣味。他居然“做买卖”了，而且颇像有点威权；没有他的一张草纸，谁也不能进去办他的“公”事。

他很正经地把那个铜子摆在那一叠草纸旁边，又很正经地将草纸弄整齐起来。

似乎公共毛厕也有一定的时间是“闹市”，而现在呢，正是适当其时了。各色人等连串地进来，铜子噗噗地接连丢在那放草纸的纸匣里；顷刻之间就有五六枚之多。这位代理人倒有点手慌脚乱了。一则，“做买卖”

他到底还是生手；二则，他从来不曾保有过那么多的铜子。

他乘空儿把铜子叠起来。叠到第四个时，他望了望已经叠好的三个，又将手里的一个掂掂分量，似乎很不忍和它分手。可是他到底叠在那第三个上面，接着又叠上第五第六个去。

还是有人接连着进来。终于铜子数目增加到十二。这是最高的纪录了。以后，这位代理人便又清闲了。

十二个铜子呢！寸把高的一个铜柱子。像捉得了老鼠的猫儿似的，不住手地搬弄这根铜柱子，他掐断了一半，托在手掌里轻轻掂了几下，又还过一个去，然后那手——自然连铜子！——便往他的破短衫的口袋边靠近起来了。然而，蓦地他又——像猫儿噙住了老鼠的半个身子却又吐了出来似的，把手里的铜子叠在纸匣里的铜子上面，依然成为寸把高的铜柱子。

第二次再把铜柱掐断，却不托在手掌里掂几掂了，只是简洁老练地移近他的破口袋去。手在口袋边，可又停住了，他的眼光却射住了纸匣里的几个铜子；如果不是那老太婆正在这当口回来，说不定他还要吐出来一次。

"啊，老太婆，回来了么？"

他稍稍带点意外的惊异说，同时他那捏着铜子的手便渐渐插进了衣袋里。

老太婆走得上气不接下气似的，只把扁嘴扭了几扭，她的眼光已经落在那一叠减少了的草纸以及压在草纸上面的铜子。

“你看！管得好不好？明天你总得谢谢我呢！”

他说着，睒了一下眼睛，站起来就走。

走了几步，他又回头来看时，那老婆子数过了铜子，正在数草纸。于是他便想到赶快溜，却又觉得不必溜。他高声叫道：

“老太婆！风吹了几张草纸到尿坑里去了！你去拾了来晒干，还好用的！”

老婆子也终于核算出铜子数目和草纸减少的数目不对，她很费力地扭动着扁嘴说道：

“不老实，大鼻子！”

“怪得我？风吹了去的！”

他生气似的回答，转身便跑。然而跑得不多几步又转身擎起一个拳头来叫道：

“老太婆！猜一猜，什么东西？猜着了就是你的。哈哈哈！”

他一边笑，一边就飞快地跑过了一条马路。

四

我们这位主角终于由跑步变为慢步了，手在衣袋里数弄着那些铜子。

一共是五枚。同时手里有五个铜子，在他确是第一次。他觉得这是一笔不小的财产了，可以派许多正用。他走得更慢了，肚子里在盘算："弄点什么来修修肚脏庙罢？"然而他又想买一颗糖来尝尝滋味。对于装饱肚子这一问题，他和他的伙伴们另有一番见解的；大凡可以用讨乞或者比讨乞强硬的手段（例如在冷巷里拦住了一付吃过的饭担子）弄得到的东西，就不应该化钱去买；化钱去买的，就是傻子！

至于糖呢，可就不同了。向人家讨一粒糖，准得吃一记耳光，而且空饭担里也决不会有一粒糖的。现在我们的主角手里有了五个铜子，就转念到糖一类的东西上了。特别是因为他一次吃过半粒糖，所以糖的引诱力非常大。

他终于站住了。在一个不大干净的弄堂口，有三四个小孩子（其中也有比他高明不了多少的）围住一个摊子。这却不是卖糖，而是出租"小书"（连环图画故事）的"街头图书馆"。

对于这一类的"小书"，我们的主角也早已有过非分之想的。他曾经躲在人家的背后偷偷地张过几眼，然而往往总是他正看得有点懂了，人家就嗤的一声翻了过去。这回他可要自己租几本来享受个满足了。

"一个铜子租二十本罢？当场看过还你。"

他装出极老练的样子来，对那摆摊子的人说。

那位"街头图书馆馆长"朝他睄了一眼，就轻声喝道：

“小瘪三！走你的！”

“什么！开口骂人！我有铜子，你看！”

他将手掌摊开来，果然有五个铜子，汗渍得亮晶晶。

书摊子的人伸手就想抓过那五个铜子去，一面说：

“一个铜子看五本，五个铜子，便宜些，看三十本。”

“不成不成！十五本！喂，十五本还不肯？”

他将铜子放回衣袋去，一面忙着偷看别人手里的“小书”。

成交的数目是十本。他只付了两个铜子，拣了二十本，都是道士放飞剑，有使刀的女人的。

他不认识“小书”上面的字，但是他会照了自己的意思去解释“小书”里的图画。那些图画本来是“连环故事”，然而因为画手不大高明，他又不认识字，所以前后两幅画的故事他往往接不起笋来。

可是他还是耐心的看下去。

有一幅画是几个凶相的男子（中间也有道士）围住了一个女子和一个小孩子打架。半空中还有一把飞剑向那女的和那孩子刺去。飞剑之类，他本来佩服得很；然而这里的飞剑却使他起了恶感。

“妈的！打落水狗，不算好汉！”

他轻声骂着，就翻过一页。这新一页上仍旧是那女人和孩子，可是已经打败了，正要逃到一个树林里去，另外那几个凶相的男子和半空中那把飞剑在后追赶。他有点替那女人和孩子着急。赶快再看第二页。还好，那女人在树林边反身抵抗那些“追兵”了。然而此时图画里又加添出一个和尚，也拿着刀，正从远处跑来，似乎要加入“战团”。

“和尚来帮谁呢？”他心焦地想着，就再翻过一页。他觉得那和尚如果是好和尚一定要帮那女人和小孩子，他要是自己在场一定也帮女人和小孩子的。然而翻过来的一页虽然仍旧画着那一班人，却已经不打架了，他们站在那里像是说话，和尚也在内。

如果他识字，他一定可以知道那班人讲些什么，并且也可以知道那和尚到底帮谁；因为和尚的嘴里明明喷出两道线，而且线里写着一些字，——这是和尚在说话。

他闷闷地再看下面一幅画，可是仍旧看不出道理来。打架确是告一结束了，这回是轮到那女人嘴里喷出两道线，而且线里也有字。

再下一幅图仍有那女人和孩子，其余的一些人（凶相的男子们，道士，连和尚，）都已经不见；并且也不是在树林边，而是在房子里了，女人手里也没有刀，她坐在床前，低着头，似乎很疲倦，又似乎在想心事；孩子站在她跟前，孩子的嘴里也喷出两道线，线里照例有一些可恨的方块字。

这可叫他摸不着头脑了。他不满意那画图的人：

“要紧关口，他就画不出来，只弄些字眼来搪塞。”他又觉得那女人和孩子未免不中用，怎么就躲到家里去了。然而他又庆幸那女人和孩子终于能够平安回到了家——他猜想他们本来就是要回家去。

总而言之，对于这“来历不明”的女人和孩子，他很关心，他断定他们一定是好人。他热心地要知道他们后来怎样，他单拣那些画着这女人和这孩子的画儿仔细看。有时他们又在和别人打架了，他就由着自己的意思解释起来，并且和前面的故事连串起来。不多一会儿，二十本“小书”已经翻完。

“喂，拿回去，二十本！还有么，讲女人和孩子的?”

他朝那书摊子的人说，同时扪着自己的肚子；这肚子现在轻轻地在叫了。

书摊子的人一面招呼着另一个“小读者”，一面随手取了一套封面上画着个女人的“小书”给了我们的主角。

然而这个“女人”不是先前那个“女人”了，从她的装束上就看得出来。她不拿刀，也不使枪，可是她在书里好像“势头”大得很，到处摆架子。

我们的主角匆匆翻了一遍，老大不高兴；蓦地他又想起这一套新的“小书”还没付租钱，便赶快叠齐了还给那书摊子的人，很大方的说一声“不好看”，就打算走了。“钱呢?”书摊子的人说，查点着那一套书的数日。“也算你两个铜子罢!”

“什么，看看货色对不对，也要钱么?”

“你没有先说是看样子，你没有罢?看样子，只好看一本，你刚才是看了一套呢!不要多赖，两个铜子!”

“谁赖你的!谁……”我们的主角有点窘了，却越想越舍不得两个铜子。“那么，挂在账上，明天——”

“知道你是那里来的杂种;不挂账。”

“连我也不认识么?我是大鼻子。你去问那边管公坑的老太婆，她也晓得!”

一边说，一边就跑，我们的主角在这种事情上往往有他的特别方法的。

他保全了两个铜子，然而他也承认了自己是“大鼻子”了。他觉得就叫做“大鼻子”也不坏，因为在他和他的伙伴中间，“鼻子”，也算身体上名贵的部分，他们要表示自己是一条“好汉”的时候总指自己的“鼻子”，可不是?

五

我们的主角，——不，既然他自己也愿意，我们就称他为“大鼻子”罢，也还有些更出色的事业。

照例是无从查考出何年何月何日，总之是离开上面讲过的“奇遇”很久了，也许已经隔开一个年头，而且是一个忽而下雨忽而出太阳的闷热天。

是大家正要吃午饭的时候，马路上人很多。我们的“大鼻子”站在一个很妥当的地点，猫一样的窥伺着“幸福的”人们，想要趁便也沾点“幸福”。

他忽然轻轻一跳，就跟在一对漂亮的青年男女的背后，用了低弱的声音求告道：“好小姐，好少爷，给一个铜子。”凭经验，他知道只要有耐心跟得时候多了，往往可以有所得的。他又知道，在这种场合，如果那女的撅起嘴唇似嗔非嗔的说一句“讨厌，小瘪三”，那男的就会摸出一个铜子或者竟是两个，来买得耳根的清静，——也就是买得那女人的高兴。

可是这一次跟走了好远一段路，却还不见效果。这一男一女手臂挽着手臂，一路走着，自顾咬耳朵说话。

他们又转弯了。那马路的转角上有一个巡捕。大鼻子只好站住了，让那一对儿去了一大段，这才他自己不慌不忙在巡捕面前踱过。

过了这一道关口，他赶快寻觅他的目的物，不幸得很，相离已经太远，他未必追得上。然而也还不至于失望；因为这一对儿远远站在那里不动了。

大鼻子立刻用了跑步。他也看清了另外有一个女人正在和那一对儿讲话。忽然两个女的争执起来。扭打起来了，那男的急得团团转，夹在中间，劝劝这个，又劝劝那个。大鼻子跑到了他们近旁时，已经有好几个闲人围住了他们乱出主意了。忽然有一个小小的纸袋（那是讲究的店铺子装着十来个铜子做找头的，）落在地下了，只有大鼻子看到。他立刻“当仁不让”地拾了起来，很坚决地往口袋里一放，就从人层的大腿间钻出去，吹着口笛走到对面的马路上。

逢到这样的机会，大鼻子常常是勇敢的。他就差的还没学会怎样到人家口袋里去挖。

逢到这样的机会，他又是十分坚决的，如果从前他“揩油”了管公共毛厕的那个老婆子的五个铜子，——这一项“奇遇”的当时，他颇显得优柔寡断，那亦不是因为那时还“幼稚”，而是因为他不肯不顾信用：人家当他朋友似的托付他的，他倒不好意思全盘没收。

六

天气暖和时，大鼻子很可以到处为“家”。像他这样的人很有点古怪：白天，我们在马路上几乎时时会碰见他，但是晚上他睡在什么地方，我们却难得看见。不过他到晚上一定还是在这“大上海”的地面，而不会飞上天去，那是可以断言的。

也许他会像老鼠一样有个“地下”的“家”罢？作者未曾调查过，相应作为悬案。

然而作者可以负责声明：大鼻子的许多无定的“家”之一，却是既不在天上又不在地下的。

想来读者也都知道，在“大上海”的北区，“华”“洋”“交界”之地带，曾经受过“一二八”炮火之洗礼的一片瓦砾场，这几年来依然满眼杂草，不失纪念。这可敬的“大上海”的衂疤上，有几堵危墙依然高耸着，好像永远不会塌。墙近边有从前“繁华”时代的一口水泥垃圾箱，现在被断砖碎瓦和泥土遮盖了，远看去只像一个土堆。不知怎的，也不知是何年何月，我们的大鼻子发见了这奇特的“地室”，而且立刻很中意，而且大概也颇费了点劳力罢，居然把它清理好，作为他的“冬宫”了。

这，大概不是无稽之谈；因为有人确实看见他从这不在天上也不在地下的“家”很大方的爬了出来。

这一天不是热天，照日历上算，恰是一年的第一个月将到尽头，然而这一天又不怎样冷。

这一天没有太阳。对了，没有太阳。老天从清晨起，就摆出一付哭丧脸。

这一头，在“大上海”的什么角落里，一定有些体面人温良地坐着，起立，“静默三分钟”。于是上衙门的上衙门，到“写字间”的到“写字间”……

然而这一天，在“大上海”纵贯南北的一条脉管（马路）上，却奔流着一股各色人等的怒潮，用震动大地的呐喊，回答四年前的炮声。

我们的大鼻子那时正从他的“家”出来往南走，打算找到一顿早饭。

他迎头赶上了这雄壮的人流，以为这是什么“大出丧”呢。“妈的！小五子不够朋友！有人家大出丧，也不来招呼我一声么！”大鼻子这样想着，觉得错过了一个得“外快”的机会。他站在路边，想看看那“不够朋友”的小五子是不是在内掮什么“挽联”或是花圈之类。

没有“开路神”，也不见什么“顶马”。走在前头的，是长衫先生，洋装先生，旗袍大衣的小姐，旗袍不穿大衣的小姐，长衣的像学生，短衣的像工人，像学徒，——这样一群人，手里大都有小旗。

这样的队伍浩浩荡荡前来，看不见它的尾巴。不，它尾巴在时时加长起来，它沿路吸收了无数人进去，长衣的和短衣的，男的和女的，老的和小的。

有些人（也有骑脚踏车的，）在队伍旁边，手里拿着许多纸分给路边的看客，也和看客们说些话语。忽然，震天动地一声喊——

“中华民族解放万万岁！”

这是千万条喉咙里喊出来的！这是千万条喉咙合成一条大喉咙喊出来的！大鼻子不懂这喊的是一句什么话，但他却懂得这队伍确不是什么“大出丧”了。他感得有点失望，但也觉得有趣。这当儿，有个人把一张纸放在他手里，并且说：

“小朋友！一同去！加入爱国示威运动！”

大鼻子不懂得要他去干么，——这里没有“挽联”可掮，也没有“花圈”可背，然而大鼻子在人多热闹的场所总是很勇敢很坚决的，他就跟着走。

队伍仍在向前进。大鼻子的前面有三个青年，男的和女的；他们一路说些大鼻子听不懂的话，中间似乎还有几个洋字。大鼻子向来讨厌说洋话的；因为全说洋话的高鼻子固然打过他，只夹着几个洋字的低鼻子也打过他，而且比高鼻子打得重些。这时有一片冷风像钻子一般刺来，大鼻子就觉得他那其实不怎么大的鼻子里酸酸的有些东西要出来了。他随手一把捞起，就偷偷地撩在一个说洋话的青年身上。谁也没有看见。大鼻子感到了胜利。

似乎鼻涕也有灵性的。它看见初出茅庐的老哥建了功，就争着要露脸了。大鼻子把手掌掩在鼻孔上，打算多储蓄一些，这当儿，队伍的头阵似乎碰着了阻碍，骚乱的声浪从前面传下来，人们都站住了，但并不安静，大鼻子的左右前后尽是愤怒的呼声。大鼻子什么都不理，只伸开了手掌又这么一撩，不歪不斜，许多鼻涕都爬在一个女郎的蓬松的头发上了，那女郎大概也觉得头上多出一件东西，但只把头一缩，便又涨破了喉咙似的朝前面喊道：

“冲上去！打汉奸！打卖国贼！”

大鼻子知道这是要打架了，但是他眏着眼得意地望着那些鼻涕像冰丝似的从女郎的头发上挂下来，巍颤颤地发抖，他觉得很有趣。

队伍又在蠕动了。从前面传来的雄壮的喊声像晴天霹雳似的落到后面人们的头上——

“打倒一切汉奸！”

“一二八精神万岁！”

“打倒×——”

断了！前面又发生了扰动。但是后面却拾起这断了的一句，加倍雄壮地喊道：

“打倒××帝国主义！”

大鼻子跟着学了一句。可是同时，他忽然发见他身边有一个学生，披一件大衣，没有扣好，大衣襟飘飘地，大衣袋口子露出一个钱袋的提手。根据新学会的本领，大鼻子认定这学生的手袋分明在向他招手。他嘴里哼着“打倒——他妈的！”身子便往那学生这边靠近去。

但是正当大鼻子认为时机已到的一刹那，几个凶神似的巡捕从旁边冲来，不问情由便夺队伍里人们的小旗，又喝道：

“不准喊口号！不准！”

大鼻子心虚，赶快从一个高个儿的腿缝间钻到前面去。可是也明明看见那个穿大衣的学生和那头发上顶着鼻涕的女郎和巡捕扭打起来了，——他们不肯放弃他们的旗子！

许多人帮着那学生和那女子。骑脚踏车的人叮令令急驰向前面去。前面的人也回身来援救。这里立刻是一个争斗的旋涡。

喊“打”的声音从人圈中起来，大鼻子也跟着喊。对于眼前的事，大鼻子是懂得明明白白的。他脑筋里立刻排出一个公式来：“他自己常常被巡捕打，现在那学生和那女子也被打；他自己是好人，所以那二个也是好人；好人要帮好人！”

谁的一面旗子落在地下了，大鼻子立即拾在手中，拼命舞动。

这时，纷乱也已过去，队伍仍向前进。那学生和那女郎到底放弃了一面旗子，他们和大鼻子又走在一起。大鼻子把自己的旗子送给那学生道：

“不怕！还有一面呢！算是你的！”

学生很和善地笑了。他朝旁边一个也是学生模样的人说了一句话，而是大鼻子听不得的。大鼻子觉得不大高兴，可是他忽然想起了似的问道：

“你们到那里去？”

“到庙行去！”

“去干么？这旗子可是干么的？”

“哦！小朋友！”那头发上有大鼻子的鼻涕的女郎接口说。“你记得么，四年前，上海打仗，大炮，飞机，×

×飞机，炸弹，烧了许多许多房子。”

“我记得的！”大鼻子回答，一只眼偷偷地望着那女郎的头发上的鼻涕。

“记得就好了！要不要报仇？”

这是大鼻子懂得的。他做一个鬼脸表示他“要”，然而他的眼光又碰着了那女郎头发上的鼻涕，他觉得怪不好意思，赶快转过脸去。

“中华民族解放万万岁！”

这喊声又震天动地来了。大鼻子赶快不大正确地跟着学一句，又偷眼看一下那女郎头发上的鼻涕，心里盼望立刻有一阵大风把这一抹鼻涕吹得干干净净。

“打倒××帝国主义！”

“一二八精神万岁！”

怒潮似的，从大鼻子前后左右掀起了这么两句。头上四个字是大鼻子有点懂的。他涨大了嗓子似的就喊这四个字。他身边那个穿大衣的学生一面喊一边舞动着两臂。那钱袋从衣袋里跳了出来。只有大鼻子是看见的。他敏捷地拾了起来，在手里掂了一掂，这时——

“打倒一切汉奸！”

“到庙行去！”

大鼻子的熟练的手指轻轻一转，将那钱袋送回了原处。他忽然觉得精神百倍，也舞动着臂膊喊道：

“打倒——他妈的！到庙行去！”

他并不知道庙行是什么地方，是什么东西，然而他相信那学生和那女郎不会骗他，而且他应该去！他恍惚认定到那边去一定有好处！

“中华民族解放万岁！”

这时队伍正走过了大鼻子那个“家”所在的瓦砾场了。队伍像通了电似的，像一个人似的，又一句：

“中华民族解放万万岁！”

五月二十七日

“一个真正的中国人”

照例七点钟喝牛奶。太太亲手放好两块半方糖，端到床上。描金的福建漆盘子里放着当天的报。

照例，太太坐在床头，含笑看着丈夫慢慢地喝着牛奶，看着丈夫匆匆地翻读当天的报。照例是先看广告，然后是本埠新闻，末了才轮到国内外要闻：到这时候，牛奶杯里也空了，丈夫放开报纸，朝太太笑了一笑（这也是照例的笑），接着是伸个懒腰，或是尖着两手的食指在两边的太阳穴揉了几下，然后仰脸往后一倒，把脑袋埋在鸭绒的靠枕里，闭了眼睛。这是要把当天须办的事通盘想一想了。这时太太便去按电铃，久候在那里的阿娥姐便像影子一般踅进来，端去了牛奶杯，盘，和报纸，太太也跟着出去，轻轻地把房门带上。

这是两年来这家老爷的生活科学化的合理状态。老爷开始“服务社会”的时候，还没有那些规矩；牛奶是喝的，但并不一定在床上，也不用太太亲手放糖，亲手端来，自然更无须太太坐在床头，瞧着喝完。那时候，照例是老爷先起身，自己开了窗，透透空气，于是阿娥姐之流便小心地推门进来，小小的轻快的步子在房里团团转；太太呢，侧面倚枕，眼皮半开半阖。

然而自从老爷的事业有了开展，而且从“服务社会”进为“服务民族”了，老爷便一天一天的觉得应该为民族而珍惜自己，首先是把个人生活来“合理化”，事务愈忙，他却愈要一板三眼，好整以暇，其次是要太太“回到厨房”，——老爷在家吃午饭的机会，一年里只有两三次，在家吃晚饭也不过三四十回，但早餐是终年在家用的，也只有从早餐的牛奶里太太可以表现她是怎样虔恭地“回到厨房”，所以每天早上的亲手放糖和亲手端来，便成为隆重的典礼。

干么又必须太太陪坐在床头，瞧着喝完呢？这应当归功于老爷的虽然“合理化”但也有“柔情”，虽然是事业家但也颇“诗人似的”。老爷的每一根神经纤维（不是每一滴血）都贡献给民族了，“个人的享乐，我早已抛在脑后，”——他常常这样说，然而每天早晨喝牛奶的时间他以为应当“私有”；他有他的抒情诗味的道理：“一昼夜念四小时内，只这一刻工夫我们领略点清闲甜蜜的味儿，也是合理的。夫妇间的恩爱，两个人的灵魂的合一，也只有在默然相对忘言的当儿，才是人生中最难得的真味，——也是正味。”

“可是，为什么你同时又要看报呢?”当老爷第一次发表这抒情诗味的道理时，太太是这样戏问过的。但老爷的回答依然非常合理：“啊哈，好太太！因为我的时间是宝贵的；但是，我的眼看着报，我的心却看着你!”他当即腾出一只手来轻轻地捏住了太太的手。

于是乎太太不能不满意。不过日子久了以后，太太却自觉得自己的一颗心并不能恬静地看着丈夫，有时冥想，有时则注意丈夫脸上的表情，而这些表情当然是由报纸引起的，太太甚至于也想到第一个孩子刚满周岁那时的不好脾气：必须她陪卧在旁边，摸着她的胸脯，才能入睡。但每逢想到这，太太便赶快正心诚意起来，抱歉似的把含笑化成微笑，心里对自己说：“他一天忙到晚，为了民族；这一点癖性，一点安慰，我是应该依顺，应该给的。”

这一天，照例的事情正在照例进行。老爷这边却有了不照例的举动。他抖开报纸，先看国内要闻。

坐在侧面的太太此时大约上了心事，虽然习惯地含笑瞧着丈夫的面孔，竟没留意到丈夫脸上的表情。直到丈夫手里的报纸忽然豁萨一响，她这才如梦初醒。丈夫已经将报纸撇在一旁，伸手拿起牛奶杯了。

“嗯——”太太的不折不扣的抱歉化成了这么单纯的一声，但同时她的眼光虽然温柔却又惊讶。

“哦!”老爷似乎是回答。但在懂得老爷那些“哦”

“啊”的意义的太太听来，便知道不是，何况老爷的眉头又皱起来了。太太于是轻舒玉臂，几乎伏在老爷身上似的用手到老爷前额摸了一摸。好像有点发烧。太太夸张地把眼一睁，嘴巴张大。但是不等太太出声，老爷推开了太太的臂膊，端起牛奶杯，搁在嘴唇边。

“哎!”老爷的声音里带几分不耐烦，呷了一口牛奶，“没有什么，——可是，今天牛奶里，糖搁多了罢?”

“没有得多呀，照旧是两颗哪!”太太吃惊地回答，眼光钉住了老爷的脸；可是她立即又装出不依的神气，失声笑道，“不要骗我，你心上不痛快。不是牛奶太甜，恐怕是报纸上有什么苦了一点呢!”

老爷不置可否地干笑了一声；再喝牛奶。

太太就要拿报纸来看，但是被老爷伸手按住，一面啯啯啯地一口气将牛奶喝完，放下杯子，颓然倒在靠枕上了。

“何苦呢! 国家大事——”太太连忙笑了一笑，把下半句话缩住；她险些儿忘记了丈夫是每一根神经纤维都贡献给民族的。

幸而老爷脸上没有表情。然而眼光定定的，足见忧虑之深而且远。

太太也忘记照例的规矩，亲自把牛奶杯和福建漆盘移到窗前一张空桌子上，并且惘然站在梳妆台前，朝镜子里的自己打量了一眼。

“咳！原来昨晚上的谣传应了验！”老爷自言自语起来。“什么和平解决，他妈的！”忽然顿住了，他警觉地朝太太瞥了一眼。这句“国骂”，在太太之流面前是从来不出口的，虽然在厂里他时时用到。他伸手在脸上抹一把，就唤着太太道：“你不知道，纲纪是要紧的；打几仗，死万把人，算得什么！可是偏有一些人主张和平解决。连钱老板那样的大银行家也要和平，怎么叫人不生气。”

“嗯嗯，”太太一面应着，一面走到床前。她记得丈夫常常说，吃过东西动肝火，不是养生之道，而且她又相信丈夫是应该“为民族”而“珍惜自己”的，她就温柔地坐在床头，劝道：“你的话自然不错，不过人家既然和平解决了，你白生气也没用呀，我们的厂是毛绒厂，人家打仗也用不了毛绒，你又不做军火掮客，你真是何苦。一二八那时，你不是天天盼望停战和平么？……”

“吓！”老爷一声怒叫就将太太的话吓断了。

太太迟疑地伸起手来，又想摸摸老爷的额角，但是被老爷劈手格开。同时老爷说：

“我并没发烧。不要奶奶经。太太！怎么你越来越糊涂了？打个比方：邻舍相处自然和为贵，可是，要是我们的大司务老妈子放肆起来了呢？”

太太点一下头。说到大司务，她可有点感慨了。自从老爷要她“回到厨房”，每天大司务买菜以前要来向她请示，买来以后又要请她过目，菜要下锅了，又要请她下厨督办；这都是老爷的“法律”，虽则太太为了尊重老爷的意旨没敢对大司务说“算了罢，随你去做”，然而她实在厌烦透顶了。

太太微笑地看着老爷，又点一下头。

老爷这可当真高了兴了，他就把太太当作和平论者的代表追击起来：

“还有，人无远虑必有近忧。我们的邻舍口口声声要和我们共同防共呢，我们赶快撇清，——赶快自己检举还来不及，怎么放着逆党不去讨伐，反要和平起来？人家抓住了把柄，开几师团兵来，放几百架飞机来，可怎么办？吃得消么？难道当真和人家开战么？哼，太太，那时候，不要说我们的毛绒厂会变成一堆灰，我和你也休想这么舒舒服服谈天了！”

太太瞪大了眼睛，完完全全认输了。

但这回老爷并没因太太的认输而高兴，太太之作为和平论者的代表，到底只是他的假想罢了；他反倒被自己的议论引起了恐怖和悲哀，把脑袋往鸭绒靠枕上埋得更深些，颓然闭上了眼。

太太忽听得房门外像有人走动。就轻手轻脚离开床前轻声儿问道：“谁在房外？”

“是我，”阿娥姐的声音，“等了好久还没听见电铃响，我来看看，——怕是电铃坏了。"

于是太太又记起日常的规矩来了，一面回答说"没有坏"，一面却又下意识地按起电铃来。

阿娥姐捧着搁放牛奶杯的盘子出去时，太太也跟了出去，随手轻轻地将门带上，但报纸是忘记在房里床上。

八点半，少爷小姐们坐了老爷的汽车上学；九点钟，汽车回来，老爷坐了去办公。这以后，就是太太带着小小姐坐镇公馆。下午四点钟，太太就得打出电话去问老爷，自家汽车去接放学的少爷小姐呢，还是不？要是不呢，太太又得打电话到学校预先说明，然后再由阿娥姐之流坐了出差汽车去接。这也是老爷定的法律。

少爷小姐回来后第一件事，是吃点心。这是大司务早就端整好的，但照例要请太太下厨监制。老爷常常说，大司务之类最没"良心"不亲自去督察，便要弄得不干净，有碍卫生。大约五点钟过些儿，太太最忙了。一面要听少爷小姐报告一天在学的经过（太太回头得向老爷报告的），一面又要打出电话去，四处找老爷，问他夜饭回不回来吃。这又都是老爷定的法律。

只有带同小小姐坐镇的期间，是清闲的。

太太本来不缺少朋友，自己面上的和老爷面上的。然而自从老爷宣布"生活合理化"以来，太太的朋友们嫌清淡无味，就不大肯上公馆来，太太出去呢本在不禁之例，可是得先打电话通知老爷，也觉麻烦。因此太太除了礼仪上的应酬以及买东西，就不大出门了。

老爷这么说过：“你看，一星期内，礼不可缺的应酬，少则一两次，多则三四次；买东西，必须你亲自去的，也得一二次。我想你够忙了，那里还有精神时间去作无谓的消遣。”

太太受过教育，明白道理，自然心悦诚服，并无怨言。

太太偶然想起了一个消遣的方法：用两股头的细绒绳替小小姐结一件衬衫。太太从前在学校的时候，一过了重阳节，总是手挽着绒绳袋去上课的；那时同学们通行用十字布挑花的绒绳袋，太太的却是丝绒的，一对红熟的竹针插在袋里，露出二寸光景，像两只角。这一付竹针，曾经全校闻名；因为有一次搁在书桌上，那位老花眼的国文教师误认为新式的铅笔，竟要借去画点名簿了。现在这付竹针早已不知去向，太太就买了新的。但是不知道是新针不听使唤呢，还是太太荒疏得太久，刚结了寸把阔的一条，太太就觉得手指节酸痛起来。她几乎要半途而废了，要不是老爷给以意外的鼓励。

凑巧是老爷在家吃夜饭，他拿起那“未完成的杰作”看了一眼，就正经得什么似的说：“太太！你真是了不起的发明家！这比来路货的羊毛衫好多了；又软又薄又暖！我猜一猜：价钱也是又便宜罢?”

“顶多用半块钱的绒绳。”太太笑吟吟地说。

“啊，来——替我也打一件，我拿来代替羊毛衫。”

"你么？你是大块头，绒绳得化四块钱。"

"也还是大大的上算！"老爷一边说一边撮起那手工品来揉了一把。

太太却为难了。她不相信自己会有耐心用两股的细绒绳结那么一件大人穿的衬衫，然而习惯上她又不能给老爷一个扫兴；她沉吟了一会儿说："不过，这种绒绳，听说是某国货呢；你穿了恐怕不合式。"

"要什么紧！"不料老爷甚为坦然。"我们用来路货的羊毛衫，也一样是金钱外溢。"

太太应酬似的点着头，可是态度之不踊跃，却显而易见。老爷其实也颇贤明，倘使太太直说结细绒线衣是太累，老爷也会一笑搁开。但现在太太只举"某国货"为理由，好像买了西洋货就不算不爱国，这是老爷向来不以为然的，老爷也常常和抱着太太那样见解的人们辩论，以为"买点日用品虽属小事，然而某国货则不可西洋货则可的非东即西主义，正是民族不能自力更生的大病源"；老爷的理论是：货，何择于东西，只要于民族有利，——就是上算；"东山老虎要吃人，西山老虎何尝不吃人"，他用这样的逻辑来建立他的"某国货并非绝对不可买说"。

老爷觉得非把太太当作"非东即西主义者"的代表而加以开导不可了：

"哦，太太！可是一件来路货的羊毛衫顶起码也要二十块呵，买了细绒绳来结，你说只要四块，——二十比四，反正都是金钱外溢，少流出十五块去倒不好么？所以我常说他们那些不买某国货的人们太感情作用，感情是不能复兴民族的。”

太太连忙点头，一来是盼望老爷适可而止，休息休息，二来是想起已到了下厨去督办的时间。但是老爷正在兴头上，福至心灵，忽地想到一层新的更坚强的理由来，不乘机发表，那就太可惜：

“况且，细绒绳是什么？——”老爷双眉一耸，把脸对正了太太，等待着一个满意的答复。

“细绒绳是两股头的。”

“哎，太太！”老爷似乎很扫兴。“细绒绳是半制品——半制品。这跟羊毛衫大不相同。一个国家多输入些半制品，倒是好现象呢！……”

太太赶快连连点头，一面站起来“回到厨房”，一面说，“那么，明天去买去。”

太太是受过教育，明白道理的；为了帮助老爷“服务民族”，就是不耐烦的事也只好耐烦些。

大凡一件事的性质由“消遣的”而变为“义务的”，便觉得兴味索然了，“生活合理化”以前太太对于打牌就有过这样的感觉；如果在“义务”上头再加一顶堂堂皇皇的大帽子，那简直是肉麻，太太虽则敬爱丈夫，这一点敏感却也是有的。一天，她正在勉力奉行老爷的

“新法令”，忽然另一家的太太来了，知道是给老爷代替羊毛衫的，那位尊贵的客人就啧啧呀呀起来：

“哦，你真有耐心，真做人家，可是，这几个小钱，何苦省它；累坏了身子，反而不好。”

做主人的太太脸有点红了，她不好意思把老爷那一番大道理搬演出来，只把“消遣论”作为并不贪省几个小钱的辩解。

第二天，太太就将那刚开头的细绒绳衫拿出去雇人做了，但自然瞒着老爷。

于是太太带着小小姐坐镇的时间只好慢慢地另找消遣的法儿。

每天早晨老爷出门以后，太太便打电话到亲戚朋友家里，无话不谈，什么都要打听；太太往往由此添出了若干本非必要的应酬，把大半天的时间对付了过去。要是打听的结果，连A公馆的小少爷伤风停食，B公馆的少太太跟少老爷吵嘴那一类的事都没有，那么，这一天的如何消磨，可就成了问题。

有时为了筹划消遣方法，这边想想，那边问问，居然不知不觉就到了少爷小姐放学的时候，那时，太太也会松一口气，觉得如释重负。

幸而这样的情形，一个月里至多一二回。

老爷在喝牛奶时变例大发议论这一天，正逢到太太无事可做，又得苦心筹划消遣的法儿。她先想找要好的姊妹淘，不料打电话去一问，都回说不在家里；于是又想到百货公司瞧瞧有什么新鲜东西。

主意打定，太太就吩咐大司务，午饭提早半个钟头。

吃过饭后，太太便慢慢儿打扮起来。小小姐听说要上百货公司去，老早就逼着阿娥姐给换了衣服，坐在那里老等了。

太太准备齐全，正要吩咐用人去雇汽车，忽然大门口喇叭响，阿娥姐听出那声音是老爷的车子。

太太赶快下楼，老爷已经歪在客厅里的长沙发上，手指里夹着半根雪茄。太太急步上前，同时却想到早上老爷喝牛奶时的动肝火，便伸出手去打算摸老爷的太阳穴。

这手却被老爷半路里接住，而且颇为大意似的往旁边一带，接着老爷又懒懒地说：

“没有什么。刚才同几个熟人到麦瑞，吃到一半，觉得——心口不大舒服。没有什么，就会好的。”

太太在长沙发旁边一只矮凳上坐了，迟疑地说：“请黄医生来看看罢？”

“不必！”老爷摇着头，闭了眼；过一会儿，忽然冷笑一声，又说，“真怪！太太，你想，陆老板也不主张打！今天吃中饭，我一张嘴敌他们四张。——”

太太的人工细眉毛绉起来了，但因老爷的眉毛梢朝下一挂，太太便赶快松开眉结，逼出一个微笑来。

老爷又说下去了：“闷气的事还有呢！他们说起《字林报》会登一篇社论，”老爷用手在口袋上拍了一拍，“我也找了来了，你看，真怪！”

这时小小姐走过来，拉住了太太的手，仰起小脸，一对乌黑的眼珠紧望着太太，显然是在问妈妈还去不去百货公司了。太太下意识地把女儿拉拢些，让她偎在身旁，迟疑了一回儿这才叫道：“阿娥姐，你带小小姐到公司去一趟罢。她要什么玩的呢，买几样：可是不许买吃的给她。”

“哦，你们要去买东西么？”老爷出惊地说，方才发见太太和小小姐都已经打扮过了。“尽管去罢！我正要静静儿写封信投到《字林报》通讯栏去——”

“啊哟！你要写信去干么？你心口不舒服，倒要用脑筋了么？”

“你不知道的。写了出去，痛快一下，自然心口里不会胀闷了。你们自管自去罢！”

太太睁大了眼睛，猜不透素来鄙夷“舞文弄墨”的老爷为什么变了性格；并且她又忽然想到要是信寄去了不给登出来，或者虽然给登，主笔先生却加个什么按语嘲笑几句，那可太难下台了，对方况且是外国人办的报！太太觉得非苦谏不可了：

“你不要写，好么？你不要写，你是场面上人，犯不着跟弄笔头的人斗嘴呀！你不要哪！”

“你不要管!”老爷忽然有点暴躁，“你们自管上百货公司去!”于是把口气放温和些，“太太，你不用担心，我不用真姓名——”

“那么，你用什么?”

“我么?”老爷说着就站起来了，“你们快去罢！带两盒雪茄来。——我的署名，我想好了：一个真正的中国人!”

（二月五日）

水藻行

一

连括了两天的西北风，这小小的农村里就连狗吠也不大听得见。天空，一望无际的铅色，只在极东的地平线上有晕黄的一片，无力然而执拗地，似乎想把那铅色的天盖慢慢地镕开。

散散落落七八座矮屋，伏在地下，甲虫似的。新稻草的垛儿像些枯萎的野菌；在他们近旁及略远的河边，脱了叶的乌柏树伸高了新受折伤的枝椏，昂藏地在和西北风挣扎。乌柏树们是农民的慈母；平时，她们不用人们费心照料，待到冬季她们那些乌黑的柏子绽出了白头时，她们又牺牲了满身的细手指，忍受了千百的刀伤，用她那些富于油质的柏子弥补农民的生活。

河流弯弯地向西去，像一条黑蟒，爬过阡陌纵横的稻田和不规则形的桑园；愈西，河身愈宽，终于和地平线合一。在夏秋之交，这快乐而善良的小河到处点缀着铜钱似的浮萍和丝带样的水草，但此时都被西北风吹刷得精光了，赤膊的河身在寒威下皱起了鱼鳞般的碎波，颜色也忿怒似的转黑。

财喜，将近四十岁的高大汉子，从一间矮屋里走出来。他大步走到稻场的东头，仰脸朝天空四下里望了一圈。极东地平线上那一片黄晕，此时也被掩没，天是一只巨大的铅罩子了，没有一点罅隙。财喜看了一会，又用鼻子嗅，想试出空气中水分的浓淡来。

“妈的！天要下雪。”财喜喃喃地自语着，走回矮屋去。一阵西北风呼啸着从隔河的一片桑园里窜出来，揭起了财喜身上那件破棉袄的下襟。一条癞黄狗刚从屋子里出来，立刻将头一缩，拱起了背脊；那背脊上的乱毛似乎根根都竖了起来。

“嘿，你这畜生，也那么怕冷！”财喜说着，便伸手一把抓住了黄狗的颈皮，于是好像一身的精力要找个对象来发泄发泄，他提起这条黄狗，顺手往稻场上抛了去。

黄狗滚到地上时就势打一个滚，也没吠一声，夹着尾巴又奔回矮屋来。哈哈哈！——财喜一边笑，一边就进去了。

“秀生！天要变啦。今天——打蕰草去！”财喜的雄壮的声音使得屋里的空气登时活泼起来。

屋角有一个黑魆魆的东西正在蠕动，这就是秀生。

他是这家的“户主”，然而也是财喜的堂侄。比财喜小了十岁光景，然而看相比财喜老得多了。这个种田人是从小就害了黄疸病的。此时他正在把五斗米分装在两口麻袋里，试着两边的轻重是不是平均。他伸了伸腰回答：

“今天打蕰草去么？我要上城里去卖米呢。”

“城里好明天去的！要是落一场大雪看你怎么办？——可是前回卖了柏子的钱呢？又完了么？”

“老早就完了。都是你的主意，要赎冬衣。可是今天油也没有了，盐也用光了，昨天乡长又来催讨陈老爷家的利息，一块半：——前回卖了柏子我不是说先付还了陈老爷的利息么，冬衣慢点赎出来，可是你们——”

“哼！不过错过了今天，河里的蕰草没有我们的份了？”财喜暴躁地叫着就往屋后走。

秀生迟疑地望了望门外的天色。他也怕天会下雪，而且已经括过两天的西北风，河身窄狭而又弯曲的去处，蕰草大概早已成了堆，迟一天去，即使天不下雪也会被人家赶先打了去；然而他又忘不了昨天乡长说的“明天没钱，好！拿米去作抵！”米一到乡长手里，三块多的，就只作一块半算。

“米也要卖，蕰草也要打；”秀生一边想一边拿扁担来试挑那两个麻袋。放下了扁担时，他就决定去问问邻舍，要是有人上城里去，就把米托带了去卖。

二

财喜到了屋后，探身进羊棚，（这是他的卧室，）从铺板上抓了一条蓝布腰带，拦腰紧紧捆起来。他觉得暖和得多了。这里足有两年没养过羊，——秀生没有买小羊的余钱，然而羊的特有的骚气却还存在。财喜是爱干净的，不但他睡觉的上层的铺板时常拿出来晒，就是下面从前羊睡觉的泥地也给打扫得十分光洁。可是他这样做，并不为了那余留下的羊骚气——他倒是喜欢那淡薄的羊骚气的，而是为了那种阴湿泥地上常有的腐浊的霉气。

财喜想着趁天还没下雪，拿两束干的新稻草来加添在铺里。他就离了羊棚，往近处的草垛走。他听得有哼哼的声音正从草垛那边来。他看见一只满装了水的提桶在草垛相近的泥地上。接着他又嗅到一种似乎是淡薄的羊骚气那样的熟习的气味。他立即明白那是谁了，三脚两步跑过去，固然看见是秀生的老婆哼哼唧唧地蹲在草垛边。

“怎么了？”财喜一把抓住了这年青壮健的女人，想拉她起来。但是看见女人双手捧住了那彭亨的大肚子，他就放了手，着急地问道：“是不是肚子痛？是不是要生下来了？”

女人点了点头；但又摇着头，挣扎着说：

“恐怕不是，——还早呢！光景是伤了胎气，刚才，打一桶水，提到这里，肚子——就痛的厉害。”

财喜没有了主意似的回头看看那桶水。

“昨夜里，他又寻我的气，”女人努力要撑起身来，一边在说，“骂了一会儿，小肚子旁边吃了他一踢。恐怕是伤了胎气了。那时痛一会儿也就好了，可是，刚才……”

女人吃力似的唉了一声，又靠着草垛蹲了下去。

财喜却怒叫道：“怎么？你不声张？让他打？他是那一门的好汉，配打你？他骂了些什么？”

“他说，我肚子里的孩子不是他的，他不要！”

“哼！亏他有脸说出这句话！他一个男子汉，自己留个种也做不到呢！”

“他说，总有一天他白刀子进，红刀子出，——我怕他会，当真……”

财喜却笑了：“他不敢的，没有这胆量。”于是秀生那略带浮肿的失血的面孔，那干柴似的臂膊，在财喜眼前闪出来了；对照着面前这个充溢着青春的活力的女子，发着强烈的近乎羊骚臭的肉香的女人，财喜确信他们这一对真不配；他确信这么一个壮健的，做起工来比差不多的小伙子还强些的女人，实在没有理由忍受那病鬼的丈夫的打骂。

然而财喜也明白这女人为什么忍受丈夫的凌辱；她承认自己有对他不起的地方，她用辛勤的操作和忍气的屈伏来赔偿他的损失。但这是好法子么？财喜可就困惑了。他觉得也只能这么混下去。究竟秀生的孱弱也不是他自己的过失。

财喜轻轻叹一口气说：

“不过，我不能让他不分轻重乱打乱踢。打伤了胎，怎么办？孩子是他的也罢，是我的也罢，归根一句话，总是你的肚子里爬出来的，总是我们家的种呀！——咳，这会儿不痛了罢？”

女人点头，就想要站起来。然而像抱着一口大鼓似的，她那大肚子使她的动作不便利。财喜抓住她的臂膊拉她一下，而这时，女人身上的刺激性强烈的气味直钻进了财喜的鼻子，财喜忍不住把她紧紧抱住。

财喜提了那桶水先进屋里去。

三

蕴草打了来是准备到明春作为肥料用的。江南一带的水田，每年春季“插秧”时施一次肥，七八月稻高及人腰时又施一次肥。在秀生他们乡间，本来老法是注重那第二次的肥，得用豆饼。有一年，豆饼的出产地发生了所谓“事变”，于是豆饼的价钱就一年贵一年，农民买不起，豆饼行也破产。

贫穷的农民于是只好单用一次肥，就是第一次的，名为“头壅”；而且这“头壅”的最好的材料，据说是河里的水草，秀生他们乡间叫做“薀草”。

打薀草，必得在冬季括了西北风以后；那时风把薀草吹聚在一处，打捞容易。但是冬季野外的严寒可又不容易承受。

失却了豆饼的农民只好拼命和生活搏斗。

财喜和秀生驾着一条破烂的“赤膊船”向西去。根据经验，他们知道离村二十多里的一条叉港里，薀草最多；可是他们又知道在他们出发以前，同村里已经先开出了两条船去，因此他们必得以加倍的速度西行十多里再折南十多里，方能赶在人家的先头到了目的地。这都是财喜的主意。

西北风还是劲得很，他们两个逆风顺水，财喜撑篙，秀生摇橹。

西北风戏弄着财喜身上那蓝布腰带的散头，常常搅住了那支竹篙。财喜随手抓那腰带头，往脸上抹一把汗，又刷的一声，篙子打在河边的冻土上，船唇泼剌剌地激起了银白的浪花来。哦——呵！从财喜的厚实的胸膛来了一声雄壮的长啸，竹篙子飞速地伶俐地使转来，在船的另一边打入水里，财喜双手按住篙梢一送，这才又一拖，将水淋淋的丈二长的竹篙子从头顶上又使转来。

财喜像找着了泄怒的对象，舞着竹篙，越来越有精神，全身淌着胜利的热汗。

约莫行了十多里，河面宽阔起来。广漠无边的新收割后的稻田，展开在眼前。发亮的带子似的港汊在棋盘似的千顷平畴中穿绕着。水车用的茅篷像一些泡头钉，这里那里钉在那些“带子”的近边。疏疏落落灰簇簇一堆的，是小小的村庄，隐隐浮起了白烟。

而在这朴素的田野间，远远近近傲然站着的青森森的一团一团，却是富人家的坟园。

有些水鸟扑索索地从枯苇堆里飞将起来，忽然分散了，像许多小黑点子，落到远远的去处，不见了。

财喜横着竹篙站在船头上，忽然觉得眼前这一切景物，虽则熟习，然而又新鲜。大自然似乎用了无声的语言对他诉说了一些什么。他感到自己胸里也有些什么要出来。

“哦——呵！”他对那郁沉的田野，发了一声长啸。

西北风把这啸声带走消散。财喜慢慢地放下了竹篙。岸旁的枯苇苏苏地呻吟。从船后来的橹声很清脆，但缓慢而无力。

财喜走到船梢，就帮同秀生摇起橹来。水像败北了似的嘶叫着。

不久，他们就到了目的地。

“赶快打罢！回头他们也到了，大家抢就伤了和气。”

财喜对秀生说，就拿起了一付最大最重的打蕰草的夹子来。他们都站在船头上了，一边一个，都张开夹子，向厚实实的薀草堆里刺下去，然后闭了夹子，用力绞着，一拖，举将起来，连河泥带薀草，都扔到船肚里去。

又港里薀草像一片生成似的，抵抗着人力的撕扯。河泥与碎冰屑，又增加了重量。财喜是发狠地搅着绞着，他的突出的下巴用力扭着；每一次举起来，他发出胜利的一声叫，那薀草夹子的粗毛竹弯得弓一般，吱吱地响。

“用劲呀，秀生，赶快打！”财喜吐一口唾沫在手掌里，两手搓了一下，又精神百倍地举起了薀草夹。

秀生那张略带浮肿的脸上也钻出汗汁来了。然而他的动作只有财喜的一半快，他每一夹子打得的薀草，也只有财喜一半多。然而他觉得臂膀发酸了，心在胸腔里发慌似的跳，他时时轻声地哼着。

带河泥兼冰屑的薀草渐渐在船肚里高起来了，船的吃水也渐渐深了；财喜每次举起满满一夹子时，脚下一用力，那船便往外侧，冰冷的河水便漫上了船头，浸过了他的草鞋脚。他已经把破棉袄脱去，只穿件单衣，可是那蓝布腰带依然紧紧地捆着；从头部到腰，他像一只蒸笼，热气腾腾地冒着。

四

欸乃的橹声和话语声从风里渐来渐近了。前面不远的枯苇墩中，闪过了个毡帽头。接着是一条小船困难地钻了出来，接着又是一条。

“啊哈，你们也来了么?”财喜快活地叫着，用力一顿，把满满一夹的蕰草扔在船肚里了；于是，狡猾地微笑着，举起竹夹子对准了早就看定的蕰草厚处刺下去，把竹夹尽量地张开，尽量地搅。

“嘿，怪了！你们从那里来的？怎么路上没有碰到?”

新来的船上人也高声叫着。船也插进蕰草阵里来了。

“我们么？我们是……”秀生歇下了蕰草夹，气喘喘地说。

然而财喜的元气旺盛的声音立刻打断了秀生的话：

“我们是从天上飞来的呢！哈哈!”

一边说，第二第三夹子又对准蕰草厚处下去了。

“不要吹！谁不知道你们是钻烂泥的惯家!”新来船上的人笑着说，也就杂乱地抽动了粗毛竹的蕰草夹。

财喜不回答，赶快向拣准的蕰草多处再打了一夹子，然后横着夹子看了看自己的船肚，再看看这像是铺满了乱布的叉港。他的有经验的眼睛知道这里剩下的只是表面一浮层，而且大半是些萍片和细小的苔草。

他放下了竹夹子，捞起腰带头来抹满脸的汗，敏捷地走到了船艄上。

洒滴在船艄板上的泥浆似乎已经冻结了，财喜那件破棉袄也胶住在船板上；财喜扯了它起来，就披在背上，蹲了下去，说：“不打了。这满港的，都让给了你们罢。”

“哼！拔了鲜儿去，还说好看话！”新来船上的人们一面动手工作起来，一面回答。

这冷静的港汊里登时热闹起来了。

秀生揭开船板，拿出那预先带来的粗粉团子。这也冻得和石头一般硬。秀生奋勇地啃着。财喜也吃着粉团子，然而仰面看着天空，在寻思；他在估量着近处的港汊里还有没有蕰草多的去处。

天空彤云密布，西北风却小些了。远远送来了呜呜的汽笛叫，那是载客的班轮在外港经过。

“哦，怎么就到了中午了呀？那不是轮船叫么！”

打蕰草的人们嘈杂地说，仰脸望着天空。

“秀生！我们该回去了。”财喜站起来说，把住了橹。

这回是秀生使篙了。船出了那叉港，财喜狂笑着说：“往北，往北去罢！那边的断头浜里一定有。”

“再到断头浜？”秀生吃惊地说，“那我们只好在船上过夜了。”

“还用说么！你不见天要变么，今天打满一船，就不怕了！”财喜坚决地回答，用力地推了几橹，早把船驶进一条横港去了。

秀生默默地走到船艄，也帮着摇橹。可是他实在已经用完了他的体力了，与其说他是在摇橹，还不如说橹在财喜手里变成一条活龙，在摇他。

水声泼鲁鲁泼鲁鲁地响着，一些不知名的水鸟时时从枯白的芦苇中惊飞起来，啼哭似的叫着。

财喜的两条铁臂像杠杆一般有规律地运动着；脸上是油汗，眼光里是愉快。他唱起他们村里人常唱的一支歌来了：

姐儿年纪十八九：
大奶奶，抖又抖，
大屁股，扭又扭；
早晨挑菜城里去，
亲丈夫，挂在扁担头。
五十里路打转回。
煞忙里，碰见野老公，——
羊棚口：
一把抱住摔筋斗。①

秀生却觉得这歌句句是针对了自己的。他那略带浮肿的面孔更见得苍白，腿也有点颤抖。忽然他腰部一软，

① 这是讽刺富农们的不合理的童养媳制度的。富农们通常为自己的儿子接了年龄大得多的童养媳，利用她的劳动力，但青春期的童养媳就往往偷汉子。

手就和那活龙般的橹脱离了关系，身子往后一挫，就蹲坐在船板上了。

“怎么？秀生！”财喜收住了歌声，吃惊地问着，手的动作并没停止。

秀生垂头不回答。

“没用的小伙子，”财喜怜悯地说，“你就歇一歇罢。”于是，财喜好像想起了什么，纵目看着水天远处；过一会儿，歌声又从他喉间滚出来了。

“财——喜！”忽然秀生站了起来，“不唱不成么！——我，是没有用的人，病块，做不动，可是，还有一口气，情愿饿死，不情愿做开眼乌龟！”

这样正面的谈判和坚决的表示，是从来不曾有过的。财喜一时间没了主意。他望着秀生那张气苦得发青的脸孔，心里就涌起了疚悔；可不是，那一支歌虽则是流传已久，可实在太像了他们三人间的特别关系，怨不得秀生听了刺耳。财喜觉得自己不应该在秀生面前唱得这样高兴，好像特意嘲笑他，特意向他示威。然而秀生不又说“情愿饿死”么？事实上，财喜寄住在秀生家不知出了多少力，但现在秀生这句话仿佛是拿出“家主”身份来，要他走。转想到这里，财喜也生了气。

“好，好，我走就走！”财喜冷冷地说，摇橹的动作不由的慢了一些。

秀生似乎不料有这样的反响，倒无从回答，颓丧地又蹲了下去。

“可是，”财喜又冷冷地然而严肃地说，“你不准再打你的老婆！这样一个女人，你还不称意？她肚子里有孩子，这是我们家的根呢……”

“不用你管！”秀生发疯了似的跳了起来，声音尖到变哑，“是我的老婆，打死了有我抵命！”

“你敢？你敢！”财喜也陡然转过身来，握紧了拳头，眼光逼住了秀生的面孔。

秀生似乎全身都在打颤了：“我敢就敢，我活厌了。一年到头，催粮的，收捐的，讨债的，逼得我苦！吃了今天的，没有明天，当了夏衣，赎不出冬衣，自己又是一身病，……我活厌了！活着是受罪！”

财喜的头也慢慢低下去了，拳头也放松了，心里是又酸又辣，又像火烧。船因为没有人把橹，自己横过来了：财喜下意识地把住了橹，推了一把，眼睛却没有离开他那可怜的侄儿。

“唉，秀生！光是怨命，也不中用。再说，那些苦处也不是你老婆害你的；她什么苦都吃，帮你对付。你骂她，她从不回嘴，你打她，她从不回手。今年夏天你生病，她服侍你，几夜没有睡呢。”

秀生惘然听着，眼睛里渐渐充满了泪水，他像镕化似的软瘫了蹲在船板上，垂着头；过一会儿，他悲切地自语道：

“死了干净，反正我没有一个亲人！我死了，让你们都高兴。”

“秀生！你说这个话，不怕罪过么？不要多心，没有人巴望你死。要活，大家活，要死，大家死！”

“哼！没有人巴望我死么？嘴里不说，心里是那样想。”

“你是说谁？”财喜回过脸来，摇橹的手也停止了。

“要是不在眼前，就在家里。”

“啊哟！你不要冤枉好人！她待你真是一片良心。”

“良心？女的拿绿头巾给丈夫戴，也是良心！”秀生的声音又提高了，但不愤怒，而是从悲痛，无自信力，转成的冷酷。

“哎！”财喜只出了这么一声，便不响了。他对于自己和秀生老婆的关系，有时也极为后悔，然而他很不赞成秀生那样的见解。在他看来，一个等于病废的男人的老婆有了外遇，和这女人的有没有良心，完全是两件事。可不是，秀生老婆除了多和一个男人睡过觉，什么也没有变，依然是秀生的老婆，凡是她本分内的事，她都尽力做而且做得很好。

然而财喜虽有这么个意思，却没有能力用言语来表达；而看着秀生那样地苦闷，那样地误解了那个“好女人”，财喜又以为说说明白实属必要。

在这样的夹攻之下，财喜暴躁起来了，他泄怒似的用劲摇着橹，——一味的发狠摇着，连方向都忘了。

“啊哟！他妈的，下雪了！”财喜仰起了他那为困恼所灼热的面孔，本能地这样喊着。

"呵！"秀生也反应似的抬起头来。

这时风也大起来了，远远近近是风卷着雪花，旋得人的眼睛都发昏了。在这港湾交错的千顷平畴中恃为方向指标的小庙，凉亭，坟园，石桥，乃至年代久远的大树，都被满天的雪花搅旋得看不清了。

"秀生！赶快回去！"财喜一边叫着，一边就跳到船头上，抢起一根竹篙来，左点右刺，立刻将船驶进了一条小小的横港。再一个弯，就是较阔的河道。财喜看见前面雪影里仿佛有两条船，那一定就是同村的打蕰草的船了。

财喜再跳到船艄，那时秀生早已青着脸咬着牙在独力扳摇那支大橹。财喜抢上去，就叫秀生"拉绷①"。

"哦——呵！"财喜提足了胸中的元气发一声长啸，橹在他手里像一条怒蛟，豁嚓嚓地船头上跳跃着浪花。

然而即使是"拉绷"，秀生也支撑不下去了。

"你去歇歇，我一个人就够了！"财喜说。

像一匹骏马的快而匀整的走步，财喜的两条铁臂膊有力而匀整地扳摇那支橹。风是小些了，但雪花的朵儿却变大。

财喜一手把橹，一手倒脱下身上那件破棉袄回头一看，缩做一堆蹲在那里的秀生已经是满身的雪，就将那

---

① "拉绷"是推拉那根吊住橹的粗绳，在摇船上，是比较最不费力的工作。

破棉袄盖在秀生身上。

“真可怜呵，病，穷，心里又懊恼！”财喜这样想。他觉得自己十二分对不起这堂侄儿。虽则他一年前来秀生家寄住，出死力帮助工作，完全是出于一片好意，然而鬼使神差他竟和秀生的老婆有了那么一回事，这可就像他的出死力全是别有用心了。而且秀生的懊恼，秀生老婆的挨骂挨打，也全是为了这呵。

财喜想到这里，便像有一道冰水从他背脊上流过。

“我还是走开吧？”他在心里自问。但是一转念，就自己回答：不！他一走，田里地里那些工作，秀生一个人干得了么？秀生老婆虽然强，倒底也支不住呵！而况她又有了孩子。

“孩子是一朵花！秀生，秀生大娘，也应该好好活着！我走他妈的干么？”财喜在心里叫了，他的突出的下巴努力扭着，他的眼里放光。

像有一团火在他心里烧，他发狠地摇着橹；一会儿追上了前面的两条船，又一会儿便将她们远远撇落在后面了。

五

那一天的雪，到黄昏时候就停止了。这小小的村庄，却已变成了一个白银世界。雪覆盖在矮屋的瓦上，修葺得不好的地方，就挂下手指样的冰箸，人们瑟缩在这样的屋顶下，宛如冻藏在冰箱。人们在半夜里冻醒来，听得老北风在头顶上虎虎地叫。

翌日清早，太阳的黄金光芒惠临这苦寒的小村了。稻场上有一两条狗在打滚。河边有一两个女人敲开了冰在汲水；三条载蕰草的小船挤得紧紧的，好像是冻结成一块了。也有人打算和严寒宣战，把小船里的蕰草搬运到预先开在田里的方塘，然而带泥带水的蕰草冻得比铁还硬，人们用钉耙筑了几下，就搓搓手说：

“妈的，手倒震麻了。除了财喜，谁也弄不动它罢?”

然而财喜的雄伟的身形并没出现在稻场上。

太阳有一竹竿高的时候，财喜从城里回来了。他是去赎药的。城里有些能给穷人设法的小小的中药铺子，你把病人的情形告诉了药铺里唯一的伙计，他就会卖给你二三百文钱的不去病也不致命的草药。财喜说秀生的病是发热，药铺的伙计就给了退热的药，其中有石膏。

这时村里的人们正被一件事烦恼着。

财喜远远看见有三五个同村人在秀生家门口探头探脑，他就吃了一惊：“难道是秀生的病变了么?”——他这样想着就三步并作两步的奔过去。

听得秀生老婆喊“救命”，财喜心跳了。因为骤然从阳光辉煌的地方跑进屋里去，财喜的眼睛失了作用，只靠着耳朵的本能，觉出屋角里——而且是秀生他们卧床的所在，有人在揪扑挣扎。

秀生坐起在床上，而秀生老婆则半跪半伏地死按住了秀生的两手和下半身。

财喜看明白了，心头一松，然而也糊涂起来了。

“什么事？你又打她么？”财喜抑住了怒气说。

秀生老婆松了手，站起来摸着揪乱的头发，慌张地杂乱地回答道：

“他一定要去筑路！他说，活厌了，钱没有，拿性命去拼！你想，昨天回来就发烧，哼了一夜，怎么能去筑什么路？我劝他等你回来再商量，乡长不依，他也不肯。我不让他起来，他像发了疯，说大家死了干净，叉住了我的喉咙，没头没脸打起来了。”

这时财喜方始看见屋里还有一个人，却正是秀生老婆说的乡长。这位“大人物”的光降，便是人们烦恼的原因。事情是征工筑路，三天，谁也不准躲卸。

门外看的人们有一二个进来了，围住了财喜七嘴八舌讲。

财喜一手将秀生按下到被窝里去，嘴里说：

“又动这大的肝火干么？你大娘劝你是好心呵！”

“我不要活了。钱，没有；命，——有一条！”

秀生还是倔强，但说话的声音没有力量。

财喜转身对乡长说：

“秀生真有病。一清早我就去打药（拿手里的药包在乡长脸前一晃），派工么也不能派到病人身上。”

“不行!”乡长的脸板得铁青，“有病得找替工，出钱。没有替工，一块钱一天。大家都推诿有病，公事就不用办了!”“上回劳动服务，怎么陈甲长的儿子人也没去，钱也没花？那小子连病也没告。这不是你手里的事么?”

“少说废话！赶快回答：写上了名字呢，还是出钱，——三天是三块!”

“财喜，”那边的秀生又厉声叫了起来了，“我去！钱，没有；命，有一条！死在路上，总得给口棺材我睡!”

像一头受伤的野兽似的，秀生掀掉盖被，颤巍巍地跳起来了。

“一个铜子也没有!”财喜丢了药包，两只臂膊像一对钢钳，叉住了那乡长的胸脯，“你这狗，给我滚出去!”

秀生老婆和两位邻人也已经把秀生拉住。乡长在门外破口大骂，恫吓着说要报“局”去。财喜走到秀生面前，抱一个小孩子似的将秀生放在床上。

“唉，财喜，报了局，来抓你，可怎么办呢?”

秀生气喘喘地说，脸上烫的跟火烧似的。

“随它去。天塌下来，有我财喜!”

是镇定的坚决的回答。

秀生老婆将药包解开，把四五味的草药抖到瓦罐里去。末了，她拿起那包石膏，用手指捻了一下，似乎决不定该怎么办，但终于也放进了瓦罐去。

六

太阳的光线成了垂直，把温暖给予这小小的村子。

稻场上还有些残雪，斑斑剥剥的像一块大网油。人们正在搬运小船上的蕰草。

人们中之一，是财喜。他只穿一身单衣，蓝布腰带依然紧紧地捆在腰际，袖管卷得高高的，他使一把大钉耙，“五丁开山”似的筑松了半冻的蕰草和泥浆，装到木桶里。田里有预先开好的方塘，蕰草和泥浆倒在这塘里，再加上早就收集得来的“垃圾[1]”，层层相间。

“他妈的，连钉耙都被咬住了么？——喂，财喜！”

邻人的船上有人这样叫着。另外一条船上又有人说：“啊，财喜！我们这一担你给带了去罢？反正你是顺路呢。”

财喜满脸油汗的跳过来了，贡献了他的援手。

太阳蒸发着泥土气，也蒸发着人们身上的汗气。乌桕树上有些麻雀在啾啾唧唧啼。

人们加紧他们的工作，盼望在太阳落山以前把蕰草都安置好，并且盼望明天仍是个好晴天，以便驾了船到

① 垃圾是稻草灰和残余腐烂食物的混合品。这是农民到市镇上去收集得来的。

更远的有蕰草的去处。

他们笑着，嚷着，工作着，他们也唱着没有意义的随口编成的歌句，而在这一切声音中，财喜的长啸时时破空而起，悲壮而雄健，像是申诉，也像是示威。

（二月二十六日作毕）

手的故事

一

猴子的手能剥香蕉皮，也能捉跳虱，然而猴子的手终于不是人的手。猴子虽然有手，却不会制造工具；至于“翻手为云，覆手为雨”，猴子更不会。

在猴子群中，手就是手。花果山水帘洞美猴王的御手不但跟他御前的猴丞相的手差不多，乃至跟万千的猴百姓的手比起来，也还是一样的手。

人类的手，就没有那么简单，平凡，一律。从手上纹路可以预言一个人的穷通邪正：但这是所谓“手相学家”的专门了，相应又作别论。只听说一二八之役，“友邦”的陆战队捉到了我们的同胞，也先研究手，凡是大拇指下的皮层起了厚茧的，便被断定是便衣队，于是这手的主人的“运命”也就可想而知。

不过我们这里的故事却还不是那么简单的。

二

事实如此：当潘云仙女士和她的丈夫张不忍到了×县，而且被县里人呼为“张六房”的“八少奶奶”的时候，曾经惹起了广泛的窃窃私议，而这“嘁嘁喳喳”的焦点转来转去终于落到了云仙女士的一双手。

所谓“张六房”，自然是陈年破旧的“家谱”（不管它实际上有没有）里一个光荣的“号头”。这“房头”的正式存立而且在×县取得了社会的地位，大概是张不忍的曾祖太爷乡试中式那一年罢，这委实是太久远了一点，然而×县人对于这一类的事永远有好记性，而且永远是“成人之美”的，所以当“张六房”这名词已经空悬了十多年，已经从人们嘴上消褪，只有念旧的长者或许偶尔提起，但总得加上个状词，“从前的”，——一句话，当“张六房”不绝如缕的当儿，忽然来了个张不忍，而且还是由念旧的长者记起了从前那位“乡试中式”的太老太爷名下的嫡脉确有一支寄寓在T埠，而这年青的张不忍非但来自T埠，并且他的故世已久的父亲的“官名”确也是“谱”上（这东西，谁也没有见过，然而谁都在他脑子里有一部）仿佛有之，于是乎，犹有古风的×县里人一定要将“荣耀归于所有主”了。

但何以又呼云仙为“八少奶奶”？这又是从“不忍”的“不”字上来的。县里有一位穷老太婆，年青时出名叫做“黄二姐”，嫁了丈夫，她还是“黄二姐”，但她那本来有姓有名的丈夫却变成了“黄二姐的男的”，现在她老了，丈夫早已死了，有过儿子也死了，有过媳妇也“再醮”了，然而她依然是“黄二姐”，她的青年时代的“过去”永远生活在人们的记忆里。这位黄二姐，和张六房的关系，绝不是泛泛的。孝廉公的二少爷成亲时，黄二姐是伴娘。那时她是名副其实的“二姐”。后来孝廉公的几位孙少爷成亲，黄二姐虽则已过中年，却还是八面张罗人人喜欢的角色。只有最小的那位孙少爷半文明结婚的时候，黄二姐似乎见得太老了，但伴娘这差使，张府上不便改变祖宗的旧规，还是由黄二姐的儿媳妇顶着“小黄二姐”的名义承当了去。近年来，黄二姐每逢提到“六房里完了，没有人了”的当儿，也一定要数说她和“张六房”此种绝非泛泛的关系。她好像得意又好像感伤地说：

“嘿，六房里太老太爷名下，那一房不是我做陪房的？一个个都是看他们大起来的！嗯，树无百年荣，真真是！咳！……只有太老太爷的末堂少爷，太老太爷死的时候，他还不到十岁，后来就跟二少爷不和，一个铺盖出码头去了，听说也成家立业了，——只他不是我黄二姐陪房的。”

现在，老太婆的黄二姐听说“张六房又有人了”，而且正是那出码头的一脉，而且是三十来岁的少爷带了少奶奶，黄二姐可兴奋极了，一片至诚地便去探望。

黄二姐听人说这位新回来的少爷叫做“不忍”，她就称他为“八少爷”。云仙呢，当然是“八少奶奶”了。黄二姐把“不忍”错做了“八顺”，并且举出只有她知道的理由来，六房里最小的一辈，连早殇的也算在内，不忍的排行刚好是第八。

人家也觉得“八顺”大概是小名，而“不忍”则是谐音。不管张不忍本人的否认，×县里人为的尊重这几乎绝灭的旧家，都称他为“张六房的八少爷”，或者“六房里的老八”。

三

×县的舆论对于一个人来历，有时绝不肯含糊。张不忍之为“六房里的老八”虽然由公众一致的慷慨而给与了，并且由黄二姐这“活家谱”的帮衬确立了不可动摇的信用，但是关于潘女士的“家世”却议论颇多。

她是一张方脸，大眼睛，粗眉毛，躯干颇为强壮。如果她是六十多岁的老太太了，大概×县里人也就以为是“福相”。可惜她看去至多不过二十五六。然而也可以解释是“贵相”。×县里人善于推测，便轻轻断定潘女士大约是“将门之女”。甚至有人说，T埠颇多下野的督军师长，其中有一位旅长，就是张不忍的岳丈。

善堂的董事胡三先生和“张六房”是老亲，有一次对张不忍说：

“近来，宿将纷纷起用，贵泰山不久也要出山了罢？哈哈！”

“啊！谣言！没有那么一回事。云仙的父亲死了多年了，况且也不是……”

张不忍还不明白县里人把他夫人的老子猜做了什么。胡三先生似信非信地笑了一笑，可也不再问下去。过不了半天，胡三先生“不得要领”的新闻在茶楼里盛传起来，热烈地讨论之后，纷纭的意见终于渐归一致：无端说丈人死了多年的人，大概是没有的，或者“六房里的八少奶奶”只是T埠那位潘旅长的本家，但一定不是穷本家，只要看“八少奶奶”的衣服多么时髦，见人的态度多么大方，——甚至有点高傲，便证明了她的来历不小。

潘女士的衣服，在×县里自然能往“时髦”队中算一脚。她是九月中旬来的，天气很暖和，然而她披了一件大概是丝织品的没有袖子的新样的东西，——后来才知道这叫做“披肩”。

但是茶客中间有一位焦黄脸的绸长衫朋友，左手端着茶杯，右手的长指甲轻轻地匀整地敲着桌边，老在那里摇头；等到众人讨论出“结论”来了，他又哼哼地冷笑了几声。

胡三先生的本家胡四，探头过去，眯细着眼睛，问道：

“哎，陆紫翁不以为然么？”

“那里，那里；诸位高见，——不错；”陆紫翁的枯涩的声音回答，茶杯端到嘴唇边了；可是看见近旁茶座上的眼光都朝自己脸上射来，他便放下了茶杯，逗出一个淡笑，接著说道：“不过呢，兄弟有一句放肆的话，——八少奶奶贵相诚然是贵相，然而，嗯，各位留心过她的手么？”

众位都骇然了；实在都没有留心过，都没法回答。胡四最喜欢充内行，并且刚才的“结论”也是他一力主持的，他瞥了众人一眼，好像是回答陆紫翁，又好像是要求众人的赞助，大声说：

“女人家的手，又当别论。相书上说——哦，记性太坏，总而言之，女人家的相，不在乎一双手。”

陆紫翁微微笑着，便端起茶杯来，这回是喝成了。茶客们的声音又嗡嗡然闹成一片。胡四似乎得胜。但陆紫翁所提起的问题也并没被人轻轻放过。商会职员姚瑞和忽然记起他曾经细看过一下那位“八少奶奶”的手，确乎有点“异相”。

他急忙告诉了坐在对面的小学校长。

“啊哟！你不说，我也忘了；我捏过她的手，——”

“哦——哦？”商会职员的眼睛凸出得和金鱼相仿。

“没有什么。外国规矩，新派，通行握手。”小学校长加以解释。“好像，呃，硬得很，练过武功。”

“对呀！”商会职员姚瑞和在桌子上拍一掌，“所以我说不像是少奶奶们的手呵！”

陆紫翁听得了侧过脸来望着他们点头微笑。

胡四也听得了，却装作没有听得，拍着旁边一个人——商会长周老九的肩膀说：

“喂，老九，二十年前，黄二姐的手，不是我们都捏过么？可是黄二姐还是黄二姐，暗底下摸着她的手，不会当她是什么少奶奶罢！”

哄堂大笑了。小学校长和商会职员感到惶恐，但也陪着笑。陆紫翁也笑了一笑对胡四说：

“四兄还记得年青时候的淘气，可惜知音的人不多了。然而，话尽管那么说，手，是——大有讲究的。高门大户的小姐少爷，手指儿都是又滑又软，又细长。自小动粗工的，就不然了；手指儿又粗又短，皮肉糙硬。南街上吴木匠的老婆，脸蛋儿长的真不错，可是看她一双手，到底是木匠老婆。”

“那么，紫翁，你说六房里——那双手不——不大那个罢？”周老九抢着问，却又把眼风在茶楼里扫了一转，惟恐碰巧有“六房里”的熟人。

“哎，这又是拉扯得太远了。”陆紫翁扮一个鬼脸，哑笑着回答。“况且诸位也没留心看过，何必多说。”

胡四觉得自己要失败了，便也连声打岔道：“不用争了，不用争了，各人各相。”

于是谈话换了题目。然而“八少奶奶”的手从此大大出名。每逢她上街，好事者的目光都射在她的手上。手不比脸，尽管成为众目之的，也不会红一红，但也许因为时交冬令，风性燥了，人们都觉得“八少奶奶”的手似乎意外地粗糙。

四

张不忍夫妇住在县里“最高学府”中心小学的附近。房东就是周老九的洋货店里的管账先生程子卿。善堂董事胡三先生介绍兼作保。

程子卿对于潘云仙女士的手，并不感兴趣，从没细看过一下。好事之徒或少爷班借买东西的机会，也曾问他道：“喂，老程，你说罢，你是她的房东呀！”程子卿总是用摇头来回答。

其实×县里除了整天盘据在茶馆里的好事之徒以及顶着“高贵的职业头衔”所谓“守产”的少爷班，谁也不曾把“八少奶奶”的手当作一桩事来侦察研究。满县满街都为了壮丁训练的抽签而嚷嚷，那有闲心情管人家的手呵！

程子卿常常关心的，倒是张不忍的脚。每逢回家看见张不忍的皮鞋沾满了泥土，他便要问道：

“八少爷，又下乡了么？坟田查得差不多了罢？”

有时张不忍的回答是："查了一处，佃户倒老实，可是那乡长刁得很，从中捣鬼。"

有时却摇着头说："白跑一趟。今天那一处，连四至都弄不明白。"

"慢慢地来罢。"程子卿安慰一句，于是迟疑了会儿，便又问道："看见汽车路动工么?"

张不忍摇摇头，程子卿也就没有话了。

一天，程子卿又很关心地问起查得怎样时，张不忍愤然叫道："算了罢！麻烦得很，真想丢开手了。"

"呀！可是，胡三先生一番好意，不能辜负他。况且，您来一趟不容易，总得清出个眉目。"

张不忍只是苦笑。他何尝是为了查坟地来的？并且他根本不知道这里还有祖遗的坟地。都是胡三先生的指拨，他反正没事，到乡下去看看也好。况且，多少也像有点正经事把他留住。

程子卿等候了一会儿，见没有话，就摸着下巴，悄悄地又问道：

"八少爷，那条汽车路，说是要赶筑了，您看见在那里动工么?"

"哦，不明白。"张不忍像被这一问提起精神来了。"不，还没看见动工。说是军用。呃，程先生，您听到什么特别的消息么?"

"就是听说要赶筑。等筑好了路，就要派一师兵来县里驻防。”

“哦，哦！”

“少爷，您看来今年会不会开仗？”

“难说。”张不忍随口回答，惘然望着天空，他的思想飞得老远，——程子卿万万意想不到的远地方。程子卿的心却也离开了这间房，在未来的汽车路上徘徊。他有一块地，假定的路线就在他这地上划过，只留给他一边一只小角；他曾经请陆紫翁托人关说，不求全免，但求路线略斜些儿，让那分开在两边的两只小角并成一大角，人家也已经答应了他；然而这条路一日不开工，他就一日放心不下。

“既然路是要筑的，就赶快筑罢！”程子卿叹一口气说，望着张不忍，寂寞地笑了笑。

五

张不忍跑进自己房里就叫道：“云仙，真得想出点事来做才好！”

“可是我只想回去。”云仙头也不抬，手里忙着抄写。

“回去？回去有事么？不是前天还接到老刚的信，说这半年，他也没处去教书了；何况你我？”

“但是闲住在这里，真无聊！”

“云仙！”张不忍叫了这一声，又顿住了，踱了几步，他似乎跟自己商量地说："生活是这里便宜。而且，他们从封建关系上，把我们当作有地位的人，总可以想出点事来做做罢?"

"他们！这里的人真讨厌，我就讨厌他们的跳不出封建关系的眼光！他们老在那里瞎猜我的娘家。一会儿说我是军阀的女儿，一会儿又说我出身低贱了!"云仙把笔一掷，下意识地看着自己的一双手。

"这些，理他们干么。"张不忍走近到书桌边。"哦，你又抄一份，投到那里去? ——可是，这几天，这里的空气有点不同，紧张起来了，云仙，我们真得想出点事来做才好。"

云仙仰脸望着天空，寂寞地微笑，不大相信专会造她谣言的环境也能紧张。

镗镗！从街上来了锣声，镗镗又是两下。而且隐隐夹杂著人声喧哗。

云仙将脸对着不忍眉梢一耸。似乎说：这莫非就是"紧张"来了么?

"这是高脚牌。一定有紧急的告示。"不忍一边说一边就走出去了。

高脚牌慢慢往中心小学那边走。镗镗！引出了人来。大人们站在路旁看，孩子们跟着，——一条渐渐大起来的尾巴。

张不忍追到中心小学门前，高脚牌也在一棵树下歇脚，掮牌的那汉子将牌覆在地下，却挺着脖子喊道：“催陈粮啦！廿二年，廿三年，廿四年，催陈粮啦！后天开征，一礼拜；催陈粮啦！”

张不忍感到空虚，同时这几天内他下乡时所得的印象也在那覆卧的牌背闪动。忽然听得那汉子自个儿笑起来，换了唱小调的腔调：

“还有啦，今年里，不许采树叶子呢：柏树，桑树，榆树，梧桐树，榾柮树，乌龟王八蛋树，全不许采叶子！采了也没事，只消打屁股，吃官司！”

跟着来的孩子们都拍手笑著嚷道：“乌龟王八蛋个树！”①

这种谐音的幽默，孩子们是独有创造的天才的。张不忍听着也不禁失笑，然而他依旧感到空虚。他信步走进了中心小学。

校长和几位教员站在一带雪白的围墙前指东点西说话。校长这时的脸色跟那天在茶楼上大不相同了，似乎有天大的困难忽然压到他头上。

校长一把拉住了张不忍，就带着哭声诉说道：“张先生，你说，刚刚粉白，不满一个月，你瞧，这一带围墙，还有一切的墙壁，你说，多少丈，刚刚粉白，不满一个月，为的厅长要来瞧啦——终于没来，可是，你想，

① 此为谐音——乌龟王八蛋告示。

忽然又要通通刷黑了，一个月还没到，你瞧。”

张不忍往四下一瞧，果然雪白，甚至没有蜒蛐路；可是除了这“雪白”，校长的话，他就半点也不明白。校长好像忽然想到一件大事，丢下了张不忍转身就走，可是半路上碰到一个人，又一把拉住了，张不忍远远望去，知道校长又在那里带哭声诉说了。他惘然望着，加倍的感到空虚的压迫。

教员中间有一位和张不忍比较说得来的赵君觉，带着一点厌烦的表情对张不忍说：

“今天的密令，县境内所有的墙壁都须刷黑！校长气得几乎想自杀，哼！”

“刷黑？密令么？干么？”张不忍这才把校长的话回味得明明白白了。

“说是准备空防，跟禁止采树叶同一作用，”另一位教员朱济民回答。“校长说，上回粉白，还是他掏的腰包，这回又要刷黑，他打算要全校教员公摊呢，剥削到我们头上来了。”

“上回他掏鬼的腰包！公摊？他平常的外快怎么又不公摊了！他倒想得巧！”又一位教员说，撅着嘴自顾走开。

张不忍看着那一带雪白的围墙，又看看蓝色的天空，太阳正挂在远处的绿沉沉的树梢，——他沉吟着说：“战时的空气呀，浓厚了，浓厚了，”他笑了一笑，转脸对赵君觉和朱济民说：“我还听说有密令，叫准备好一师兵住的地方，真的么？”“哦，密令还多着呢！”朱济民回答，“叫办积谷，叫挖地坑，叫查明全县的半爿坟有多少，叫每家储蓄十斤稻草，——吓，这两天来，密令是满天飞了！”

“嗯，半爿坟，什么意思？”张不忍皱着眉头望在朱济民的脸上。

“左右不过是那么一回事。”赵君觉接口说。“你要收密令么，端整下一口大筐罢。至于一师兵，谁知道他们来作什么。为什么不开往边疆？然而，也未必来罢。听说嫌交通不便。要先开城外那条汽车路呢！”

“我也听得这么说。住的地方，倒已经在准备了。不过，半爿坟，又是干么？什么是半爿坟？”

“就是破坍的老坟，露出了圹穴的。”赵君觉回答。“什么用，可不大明白，”李济民抢着说，“但是保安队的队长对人说，这种半爿坟可以利用来做机关枪的阵地。”

“哦，大概是这么个用意了。”

“不忍，这两天一阵子密令，满县满街真是俨若大战就要来了。”赵君觉说，一脸的冷冷的鄙夷的神气。

“老百姓怕，是不是？”

“不！很兴奋呢！”朱济民确信地说。

赵君觉看了朱济民一眼，嘴唇一披，“对了，当真兴奋；所以我觉得他们太可怜。老百姓真好，可是也真简单，真蠢！”

暂时三个人都不说话。张不忍用脚尖在泥土上慢慢地划着，好像划了一个字，随即又用鞋底抹去，忽而他伸手一边一个抓住了赵君觉和朱济民，皱着眉头，定睛看着赵君觉，又移过去看着朱济民，用沉着的口音说：“君觉的意见，我也觉得大半是对的；然而老百姓不怕，兴奋，这一点比什么都可贵！我们当真得想出点事来做才好，我们一定要做点事！”

三个人对看着，末了，赵君觉和朱济民同声说：“加上密司潘，才得四个人。……”

张不忍立刻打断他们的话：“然而一定要做点事！开头四个人，后来会加多！”

他们于是并肩慢慢地一边谈，一边走；沿着围墙走到尽头又回来，还是谈个不休。

三个人带着朗爽的笑声走进教员休息室了。劈头忽然又遇见了校长。

“窑煤都涨价了，一倍，刚涨的，该死，该死！”

校长阻住了他们三位，慌慌张张说。校长的脑子里没有更值得烦恼的事。

六

陆紫翁和周老九挑中了右面那架屏风背后的好地方，

悄悄说着话。这里不是走路，四扇排门常年关着，相近左面那架屏风的四扇排门，也只开一对，作为从大厅到内室的唯一门户。

屏风挡着，如果有人从外边走进大厅来，他看不见两位，两位却看得见他。

这个好地方却只有一张闲搁着的太师椅，坐的是陆紫翁，斜欠着身子，架起了腿，右肘支着椅臂，右手托住了下巴。周老九在紫翁面前站着，脸朝外。

“他们竟敢指摘我们贩运私货么?”是陆紫翁的枯涩的声音。他歪着脑袋，脸对着墙，似乎在看壁上的字画。

“可不是！还说要组织捉私团呢!”

“哼！看他们敢！然而，张不忍这小子真可恶！可是，不见得单是张八夫妻俩；还有谁也是张八的一伙?”

“大概中心小学里一二个教员总有份罢。”

“校长也不知道?”

“问过他，他赌咒说不知道。”

“不敢说出来罢了，这没用的草包！哼！可是，笔迹总该认得出来的?”

“认不出。那壁报全是一个人的笔迹，听说是八少奶奶——”

“呸！什么少奶奶！不知道什么小户人家的贱货，也许竟是——看她那一双手。”

“可是一手字倒很官正。”

“来路不正！我第一眼看见就知道不是正路。总有一天给我查明白。”

“不过，紫翁，下手要快。他们还说你和二老板经手的公款不清不楚，说是下期的壁报上准要宣布。”

“哦——”陆紫翁的声音带哑了，把架起的那条腿放下。

“哦！张八这小子，他怎么会知道？”

“紫翁，也不宜小看他，他既然是‘六房里的老八’，自有一班穷出火来的爷们和他来往。”

“嗨，六房里？六房里早已没人了，哪里又跳出个什么老八！胡三这老头子是老糊涂了。黄二姐一张嘴算屁话？我打算办他一个冒名招摇呢！”

“然而，紫翁，自从他出了壁报，跟他越走越熟的人确乎不少；胡四——”

“我疑心胡三这老家伙也是知情的！”

“可不是！还有‘赵厅’的缉老爷，孙洪昌的二少爷，据说也是暗中……”

“嘿！赵缉庵也有份么？”陆紫翁挺起眼睛望着楼板，一只手尽管摸着下巴。忽然站起来，轻声说：“老九，那就一定是他了，——中心小学里一个教员一定就是缉庵的小儿子赵君觉。哦，老九，等一下。”陆紫翁到墙边去拖过一张方凳来。“坐着谈罢，原来张八这小子竟有点呼风唤雨的手法，老九，我们倒不能大意了，得仔细布置一下。”

“不过也不能太慢，私货的事现在闹得满城风雨了。那一批货，多搁日子怕要走漏……”

“这个不要紧，”陆紫翁抢着说。“等二老板起来了，他有办法，嗯，倒是——”

“二老板昨晚上又是二十四圈么？”

“昨晚上有客，——嗯，老九，倒是有缉庵他们在内，查公款这一层说不定会闹大——”

“外边是谁？”周老九突然喊了这一声，陆紫翁连忙把话缩住。周老九站起来，故意高声咳了一下，就转出屏风背后，一面学着“官腔”喊“来呀”，可是只喊了一声，就不响了。陆紫翁听得好像有两个人在窃窃私语。他正决不定还是照旧躲着好呢，还是踱出去好，可是周老九也回来了，带着一个尖头削脸的人物，正是商会职员姚瑞和。

周老九指着姚瑞和说：“他刚得的消息，张不忍自己报了名，受壮丁训练去了。”

“贱胎！”陆紫翁仰起了脸冷笑。

“紫翁，他还想立什么社呢！”

“叫做‘国魂武术社’罢，”姚瑞和陪笑说。“壮丁训练班里倒有一小半人加进了他这社。”

“好！哼哼，纠众集社是犯法的。”陆紫翁冷笑的鼻音有点不大自然。“大概全是些下流粗胚罢？”

“倒也不全是。内中有——”姚瑞和迟疑了一下，“有这次壮丁训练抽签抽到的好几个小老板，还有甲长们，——很有几个场面上的小爷们呢！”

“紫翁，孙洪昌的小老板老二，还有，——瑞和，还有谁?”

“北街上开亦我轩照相馆的陈维新陈甲长。”

“紫翁，孙老二和陈维新也是发起人。”

“哎哎，这班少爷们血气方刚，真真是不成话！”陆紫翁的声音有点发哑了。“可是，陈维新么?他好像是党员罢?”“是的。前任区党部的执委。”姚瑞和连忙陪笑说。“不知道张不忍怎么搅的，连保卫团的大队长也做了赞助人呢！”“哦，不过大队长原是直爽人。”陆紫翁说着就站起来，反背着手踱了几步，打起精神笑了一笑又说道，“笑话！不知那里跳出来的小伙子，不三不四，居然大家叫他‘六房里的老八’了，两个月没到，居然结交了朋友，打算硬出头了；然而，可惜，他那位尊夫人的一双手摆明白不是好出身；你们想，要真是张六房的嫡脉，那里会讨媳妇不看个门当户对的?”

陆紫翁一面说，一面就踱出了屏风背后那个好地方。

周老九和姚瑞和跟了出来。周老九低着头在一对栋柱中间慢慢地踱，姚瑞和站在翻轩下长窗边，时时偷眼瞟着那一对通到内室去的排门。

陆紫翁对一个土头土脑的男当差说道：“进去问问，

二老爷起身了没有?”回过脸，朝姚瑞和看了几眼，“你回去罢，不许多嘴。”

周老九踱到陆紫翁跟前，悄悄地说：“刚才瑞和报告的消息，紫翁觉得怎样?”

“暂时之间，投鼠忌器而已。”

“瑞和还说，今天早上他亲眼看见胡四到张八家里去。过了一个钟头，这才出来。”

“嗯，胡四，没有什么道理；不过，赵缉庵在内呢——噢，老九，不是张八租了程子卿的厢房么?你应该叮嘱子卿留心进进出出的人儿。”

“嗯嗯，这子卿就是太老实。”

周老九回答时颇露窘态。陆紫翁沉吟一会儿，微微笑着，正想开口，忽然那边通内室的排门边来了女人的声音了：“喔，是陆老爷和周先生么?老爷起来了，请两位进去罢。”

女人是一张小圆脸，淡绿色阴丹士林布的短袄仅及乳下，黑软缎的裤子长到脚背，一条油松大辫子。

七

陆紫翁和周老九报告的时候，二老板的一根粗指头老是挖着鼻孔，一声不出。他忽然打一个呵欠，身子一斜，（他本来躺在烟榻上，）嘴里不知咕噜了一句什么，伸手在大腿上拍两下，那个油松大辫子的女人就挨着他坐下，给他捶着腿。

二老板虽然不作声，他那一对猫头鹰的眼睛老是乌溜溜地在那里转；机警而又颇露凶相的眼光时时从陆紫翁脸上扫到周老九脸上，然后又扫回去。

陆紫翁的话多，周老九不过偶然从旁插一两句。可是二老板的眼光反而多和周老九“亲热”。

忽然二老板将身边那个大辫子的女人一推，精神百倍似地坐了起来，陆紫翁一句话刚说了一半，赶快缩住，二老板笑了笑道：

“想不到‘张六房’坟上风水转了，小辈里出人才。我倒很想和这位‘八少爷’结识结识。”

陆紫翁和周老九都愕然了，可是陆紫翁倒底是“书卷中人”，悟性又好又快，立刻悄悄地笑着说：“二老板要结识他，他就是不敢高攀也没处去躲呢，二老板，怎样也叫赵缉庵他们也一请就到，叨扰你二老板一番美意？”

“哈哈，那就要看机会了，少不得借花献佛，多发几张请帖。”

“那么，二老板，马上就看个日子罢？趁这几天空挡，愈快愈好。”周老九终于也猜哑谜似的猜透个八九了。

于是半晌的沉默。二老板挺起了眼睛，似乎在那里“看日子”。陆紫翁和周老九都沉住了气，陆紫翁眼角有一条筋不住地簌簌地跳，周老九却涨红了脸。

终于二老板将眼光一沉，自言自语地说：“等新县长上了台再说罢。”

陆紫翁和周老九像约好似的很快地偷偷地交射了一眼。陆紫翁鼓起勇气，正想进言，二老板早又笑了一笑道：“昨晚上那位客人，人倒和气，就是胃口大一点。在这里盘桓了大半夜，总算无话不谈，然而离题目总还有点点远。嗯，——瞧过去，”二老板顿了一顿，举起手来，正待伸出两个手指，忽然他背后那位大辫子女人打了个喷嚏，二老板转过脸去，眼光威严地一瞥，手就放下了，接着说，“我还要考虑考虑。”

“听说新县长是军人出身罢？”陆紫翁问。

“不错。还是现役军官。”

“二老板，可是那一批货，还轧在那边，运不进来；这里张八他们又闹得满城风雨……”

“哦，哈哈，”二老板一阵笑便打断了周老九的话。“哈哈，倒忘记了这位‘八少爷’跟别的少爷们了。”突然脸一板，“紫翁，我的一句话，你们不准和他们年青人一般见识。他们说话不知轻重，行动出轨，自有政府来纠正。我只当他们是一群疯子。倒是还有几位上了年纪的，譬如赵缉翁他们，应当解释解释。”

“是！”陆紫翁赶快回答。“那么，胡四他们呢？”

“你瞧着办罢。”二老板眉头一皱，似乎有点不耐烦，但随即微微笑着，眼光朝周老九一逼，说，“那批货么？过几天，你尽管堂而皇之运进来。”

“啊！”周老九快活得忘形了，“哦，到底——昨晚上，二老板昨晚上到底将那位客人对付得服服贴贴了么？”

二老板不置可否，只将烟盘里一张纸递给了周老九，同时却冷冷地说：“这点小事，何必同人家谈起呢，犯不着羊肉没吃，倒先惹一身骚呵！”

周老九和陆紫翁一旁应着“是”，一边便看那张纸。原来是一张油印的“查缉私货暂行办法”。两个人都觉得意外，迟疑地朝二老板看了一眼。二老板哈哈笑着，招了招手。周老九和陆紫翁赶快捧着那张纸走近一点。二老板指着纸上后面的一段说：“单看这一款就够了。”

这是鼓励人民协助缉私的办法，略谓：凡报告私货因而缉获者，将货物充公拍卖，以所得货价之半数奖赏报告人。

周老九看明白了时，手心里就透出一片冷汗，他正要说张不忍他们的壁报上正也抄着这一款鼓动人家去“捣乱”呢，可是二老板已经先开口了：

“明白了罢？等他们拍卖的时候，你去买了来，不是正大光明的事么？”

“是，是！”周老九两眼睁得铜铃大，心里糊涂死了，却又不敢驳回。

“哈哈，”陆紫翁却第一次放肆地笑了，“人家说心有七窍，我看二老板的，恐怕九窍也不止罢?”

二老板笑了笑。这笑，与其说是被恭维了而高兴，还不如说是奖许陆紫翁的机警。

“我来猜一猜罢，”陆紫翁微笑说：“既然是周老九去买，一定要二老板去报告了。”

哈哈哈，二老板一阵大笑就歪在烟榻上了。

周老九似乎也明白了，但一时之间还不大盘算得转。二老板把手一挥，叫了一个字：“烟。”油松大辫子的女人便立即忙起来。

“紫绶，公款的事，你就先去找赵缉翁解释，解释。”二老板闭了眼睛说。“他要是说得明白，很好；不然的话，随他的便罢。反正新县长不久就要到任，他未必就听了赵缉庵一面之词。”

“二老板放心。这一点事，只要二老板定了方针，我量力还不至于弄僵。”陆紫翁回答了，便和周老九转身退出。

但是陆紫翁和周老九刚跨出房门，忽又听得了一声：“紫绶!”

陆紫翁赶快站住，应一声“是”。

过一会儿，二老板这才慢声说：“张八这小子，也许中用，我倒真想提他一把呢。”

“这是他的造化。且看他受不受抬举罢。”

陆紫翁一面回答，一面却和周老九做眼色。

八

许多“手”，明的暗的，在活动，在忙碌。

新县长到任了五六天了。×县里大多数人并没觉出新县长有什么“异样”，除了已经知道他是刚刚卸任的团长。

×县里极少数的人们却从各自不同的立场和印象（虽然只有五六天工夫，新县长给他们的印象却已不甚简单了），都有这么一个感想：“以为是军人出身，性情爽快，谁知道更其不可捉摸!”

这一种感想流露于面部或唇舌，在二老板是躺在烟榻上皱紧眉头不作声，在赵缉庵是悄悄地对胡三先生说：“四五天了还没动静，秉公办理云乎哉?”而在张不忍和他的新朋友们，则是筹备更逼进一步的文章和商定“请愿”的代表。

同时，茶馆酒后乃至大街上店铺的柜台前，流动着种种的消息和意见：

“赵缉庵他们的公文呈进去后，新县长三天三夜亲自吊账簿，打算盘，还没算出来。”

“算出来了！二老板亏空近万。”

“笑话！县长那有工夫自己查账，呈子还搁在签押房里呢！县长忙的是检阅保安队，保卫团；他本来是团长呀！”

“团长改县长，就是准备跟小鬼开战！壮丁训练队都要上前线！”

“这是瞎说了。壮丁上操快将两礼拜了，立正稍息还没操好，怎么能上前线！”

“可是六房里的老八做代表，请将训练赶快；发枪，打靶，野操。听说县长昨天请教练官商量这件事，教练官答应得稍为迟了一点，县长就发脾气道：‘你不会教，我来教！’吓！吓！县长本来是干团长的！”

“不对，不对！六房里的老八的代表还没派定，今天他对我说。”

“然而昨天县长的确请教练官去商量了半天，我亲眼看见他进去，好半天，才见他出来。”

“哦！你亲耳听得他们商量什么事罢？”

“难道你倒亲耳听得？”

“不客气，我倒晓得。县长请教练官去，商量捉汉奸！”

“什么！县里有汉奸？”

“怎么没有？多得很呢！早已三三两两偷进来了。一律化装。有的扮做走方郎中，有的是打拳头卖膏药，有的是变戏法的，有的是装做和尚，顶多的是扮叫花子。县长忙了三天三夜，就为了调查汉奸！”

“听说上头派他来，团长改县长，就是专门来办这件事。”

“你们还不晓得么：捉完了汉奸，就开战！”

“哦哦，怪不得——”

“喂喂，告诉你，你可不能说出去呢：还有女汉奸。”

“谁谁？可是变把戏班里那个女的？”

“倒不一定变把戏。女汉奸不扮下流人，倒是穿得极漂亮，冒充少奶奶小姐班。可是，看她的手就明白。”

“手上有暗号么？刺得有什么花罢？”

“不是。手是做工人的手。县长为了想方法捉女汉奸，三夜没睡觉；后来决定派了县长太太亲自出马呢！”

“呵呵！真上劲！”

“对了，那你总该明白县长忙得很呢，那有闲工夫算什么账？二老板也是中国人，中国人和中国人算什么账，对付汉奸要紧！”

“哦——”

“咄，混蛋，亏空公款就是汉奸！你就是汉奸！”

“你不赞成捉汉奸就是汉奸！”

“混蛋！”

“汉奸！”

×县里的空气就这么又紧张又混乱。“不可捉摸”也挂在大多数老百姓的面前。这样又过了两三天，终于这塞满了空间的“不可捉摸”突然“明朗化”起来。

九

霹雳一声，驱逐游民乞丐。这也是两星期前有过的密令之一，然而这次不用文绉绉的高脚牌。

上午召集保甲长们开了一次会，下午就由保卫团协助，大街小巷同时发动。

这时候，北街上的亦我轩照相馆里，三四位年青人已经讲了好一会儿的话，大家觉得有点头脑发胀，喉咙越来越粗了。

“我提议一个折中的办法，”主人陈维新竭力把嗓子逼小，想使得语气变温和些。“不忍兄说爱国是国民的权利和义务，我们这‘国魂武术社’既以爱国为宗旨，便不应当规定有什么入社的资格，——这解释，理由是有的，然而我们既然名为‘武术社’，就已经定下一重资格，这资格，是什么呢？就是‘武术’，所以兄弟提议，社章上规定，‘凡谙习武术者，皆可入社，’那就面面俱到了。”

赵君觉耐心听完，便对张不忍望了一眼，张不忍蹙紧了眉头，不说话。

孙老二（雅号平斋）却先开口了：“那不是我们发起人先就没有资格了么？不妥，不妥！”

张不忍几乎笑了出来，但是陈维新正色回答：“不然！平斋兄，这又不然。大凡做发起人的，只要有一项资格，就是‘发起人的资格’。社章上的资格竟毋须拘泥。名流阔人今天发起这，明天发起那，难道他们是万能么？无非是登高一呼的作用罢了。”

孙老二连忙点着头说：“不错，不错，我倒忘了。”忽然又皱着眉头，“可是，下三流的人们很有会几手的，他们仍旧要来，怎么办呢？”转脸向着张不忍，“老八，不是我惯以小人之心度人，实在是新县长昨天再三叮嘱家严，县境内汉奸太多，千万要留意。”

“那么，平斋兄是不是能够担保长衫班里一定没有？”赵君觉的嗓子又粗起来了。

“哎哎，话不是这么说的。”陈维新抢着回答。他立刻又转脸朝着孙老二，“平兄这层顾虑，倒也可以不必。有办法。将来碰到形迹可疑的人，那怕他实在会几手，只要说他武术不够程度就得了。”

“哦！不要人家进来，总有办法。”张不忍眼看着桌子上那一块新做的“国魂武术社”的洋铅皮招牌，冷冷地说。“最澈底的办法是根本不立什么社，”他寂寞地笑了一笑，忽然把嗓子提高，“本来这不是咬文嚼字的时候，局面多么严重！不过维新兄和平斋兄既然喜欢字斟句酌，我就反问一句：我们这社的宗旨倒底是要把多数不会武术的人练成会的呢，还是单请少数的会家自拉自唱？章程草案第二条……”

“对了，”赵君觉插口说，“这一条是宗旨，明明写着‘提倡’‘普及’；跟维新兄的折中办法刚好自相矛盾！”

孙老二突然跳起来一手抓住了章程草稿，一手向陈维新摇摆，“大家不要意气用事。我有了办法了。干脆一句：要进社的，得找铺保！”

张不忍和赵君党都一怔。陈维新却举起一双手连声喝采道：“好，好极了！到底是孙洪昌的小老板，办法又切实又灵活！”

“要找铺保？”赵君党面红耳赤，声音也发毛，“那——那不是……”但是一件意外的事将他的说话打断了。一片骚杂的人声由远而近，几个人慌慌张张从门前跑过，嘴里喊道：“来了，来了！”陈维新立刻离位去看，孙老二也跟着。张不忍回头望门外街上，早有一堆人拥到“亦我轩”的招牌下，一枝枪上的刺刀碰着那招牌连晃了几晃。

张不忍跑到门口，就在各色各样的面孔中间看见了一个熟识的面孔。那是黄二姐。两个背枪的保卫团扬起了竹枝的鞭子像做戏似的向闲人们威吓；又一个保卫团，也背枪，似乎在驱赶，又似乎在拖拉那位黄二姐。孙老二也插身在内，张不忍仿佛听得他这么说：

“……我替你作保就是了，还吵什么！”

“谢谢二少爷，我不要保；我跟他们去！看他们敢——把我五马分尸么？”声音很尖脆，不像是五十多岁的老婆子。

"哈哈！黄二姐的标劲还像二十年前!"

看热闹的闲人们哗笑着，争先恐后地挤拢来。有一个年纪大了几岁的男子拉着一个年青的歪戴打鸟帽的肩膀说："老弟，积点阴德罢！你们怂恿她闹，要是当真关她起来，难道你肯给她送饭?"歪戴打鸟帽的也不回答，只是一味挤。

张不忍心想不管，但也不由自主的走拢去。有一个闲人给他开道似的叫喝着："呃，八少爷来了！让开!"张不忍觉得好笑。那闲人又回转头来，似乎有什么话要说，但是张不忍已经到了黄二姐他们面前。

"呵，八少爷，你也在？八少奶奶好么?"黄二姐很亲热地抢先说，立即又瞪起眼睛指着那个保卫团，"八少爷，你评评这个理：我黄二姐祖居在这城里，老爷们，少爷们，上下三班，谁不认识，可是他们瞎了眼的，要我讨铺保！哼!"仰起头朝四面看，"我黄二姐要讨个铺保有什么难，刚才二少爷就肯保，可是，评评这个理，满县城谁不认识我——"

"张先生!"前面一个保卫团转过身来说，"我们奉的公事，"忽然不耐烦地挺起脖子一声"妈的!"将竹枝一扬，"闲人们走开！——唔，张先生，上头命令驱逐游民乞丐，县境里没有职业的人，得找铺保！这老乞婆，谁不认识，可是公事要公办!"

“我们不过关照她一声，”那个拉着黄二姐——但也许被黄二姐拉着的保卫团说，“就惹出她一顿臭骂。跟住了我们，吵吵闹闹——”

“你不是说要办我么？你办，你！”黄二姐厉声喊，指头几乎戳到那保卫团的脸上。

“妈的！办就办，不怕你是王母娘娘！”

闲人们又哗然笑起来。

张不忍皱着眉头，看着孙老二说：“平斋兄，就请你作个保罢，……”

“妈的！交通都断绝了！走开，走开！”拿竹枝的保卫团大声嚷着，竹枝在闲人们头上晃着。

张不忍劝黄二姐回去，保卫团也突破了闲人包围进行他们的职务。赵君党站在亦我轩门前叫道：“不早了，章程还没讨论完呢！”

“哦！这个么？”陈维新望了孙老二一眼，“剩下不多几条了罢？那几条，我看就可以照原案通过。”

“不过社员资格这一条呢？”赵君党走近了说。

“我还有事——”

“我也有事。”张不忍没等孙老二说完就抢着说，淡淡地一笑。“就是找铺保好了。再会！”点点头竟自走了。

张不忍走不多远，赵君党就赶了上来，急口说：“怎么，怎样，你也赞成——”

“自然赞成,”张不忍站住了，又是寂寞地一笑，“反正铺保盛行，将来全县里除了有业的上流人谁都得找铺保啊!”

赵君觉那对细眼睁得滚圆。张不忍冷冷地又说：“取缔游民乞丐！防汉奸！真正的汉奸反倒进出公门，满嘴嚷着捉汉奸，捉汉奸!”顿了一顿，“君觉，明天，你，我，济民，再商量罢，此刻我要回家去把整个形势估计一番。”

十

家里没有云仙。窗缝里有一张红纸。张不忍抽出那纸来一看，是一张请帖：

国历十月十二日申刻洁樽候光

周梅九拜

张不忍侧着头想了一想，随手把帖子撂在书桌上，往床里一躺。他需要集中脑力，可是脑力偏偏忽西忽东。最像讨厌的苍蝇赶去了又飞回来的，是刚才他回来路上所见的景象：三三两两的人们都在议论着取缔游民乞丐这件事，啧啧地叹佩着新县长办事认真，手腕神速。他觉得全县的眼睛都看着新县长，全县城的心被新县长的变把戏似的派头吸住了。

也像讨厌的苍蝇一般赶去了又钻回来的，是追看高脚牌那天下午在中心小学里赵君觉说的“老百姓真好，可是也真简单，真蠢！”

他烦躁地跳起身来，在屋子里转圈子。心里想道：“先前，我跟他们说，当真非想出点事来做不可；现在，事呢算是做了一点，可是，当真没有做错么？已经做的，当真是‘事’么？”

他仰脸看着窗外的天空，似乎盼望一个回答。有一只什么鸟在墙外树头叫，听去像麻雀，又不像麻雀。

待到把这鸟叫声从耳朵里赶出，他踱到书桌边，抓起了一枝笔，打算写一封信给他的在 T 埠的朋友，忽然云仙回来了。

“这里的妇女智识分子真糟！”云仙将她那“披肩”往椅子上一撩，走向张不忍的身边去。“谁的请帖？——周九，哦，房东程先生的东家，商会会长，请你干么？可是，不忍，这里的智识妇女跟家庭妇女同样没有办法！”

“哦！”张不忍搁下了笔。

“我跟她们谈了半天，‘唔唔’，‘话是对啦’，老是这一套。我请她们发表意见。她们只是笑。”指着那披肩，“倒拉了这东西，问了许多话！”

“嗯，那么，赵君觉的妹妹呢？君觉说她思想很好的罢。”

“就只有她，还说得来。可是情绪不高。”

“哦，情绪不高。”张不忍寂寞地笑着。这几天来，云仙老是说人家情绪不高，甚至有时连张不忍也说在内了。他看着云仙的眼睛，又说：“她发表了意见么?”

“她赞成妇女救护训练队的办法。可是，她又不赞成那位女医生。说她头脑糊涂，势利眼睛，这样的人，犯不着捧她。”

“但是拉她出来，推动她办事，并不就是捧她。云仙，你跟她解释了没有?”

“解释了。然而我失败了。”

“她不能理解?”

“不是！她的理由很充足，我赞成了她的主张。”云仙的口气很坚决。“我们可以不要那女医生，也不要那两个传教婆！”

“哎，哎，云仙，那样干总不大好。名为救护训练队，而没有一个懂得医药常识的，太不成话。”

“呵，固然你也是这么说！”云仙生气似的鼓起了眼睛钉住了张不忍的面孔。“赵君芳说来说去也顾虑到这一层，所以我说她情绪不高。可是，不忍，我虽然不懂医药常识，童子军救护常识我是有的；在目前，这不就够了么?”

张不忍勉强笑了笑，半真半假地说：“哈，我倒忘记了你是多年的女童子军教练官呢！”

“不吹牛，真要是开了战，我的确能够上前方。”云仙得意地笑着，在窗前走来走去，吹着童子军歌的口哨。

张不忍惘然拿起请帖来，卷弄那纸角，此时他的思索忽然又集中于一点：云仙所谓情绪不高。他觉得最近几天内他的朋友们为的要推动人家反弄得顾虑繁多事情不能快快动，这也许正是云仙所说的“情绪不高”罢？而云仙刚才所说的救护队办法也许是不错的罢？可不是，那位女医生和那两位传教婆要是拉了来，她们一定叽叽咕咕有许多主张，宝贵的时间和精力，白花在解释和疏通上面。

“啊！”云仙猛可地叫起来，跳转身，到了张不忍跟前，却又放低了声音，“我几乎忘了。赵君芳又告诉我：胡四那家伙不行，十二分的不行！他从前也经手过公款，也不清。他现在攻击那个二老板，是报私仇。他利用我们！”

张不忍一双眼钉住了云仙，看着她一个字一个字说完，这才摇了摇头说：“哦！——可是，我们也是以毒攻毒。”

“不行！胡四还有阴谋。胡四今天上午去找君芳的爸爸，咬耳朵谈了半天才走；他走后，君芳的爸爸老在厅上兜圈子踱方步，自言自语，说‘君子不为已甚！’据君芳猜来，一定是胡四已经和那边妥协，又在欺骗君芳的父亲。”

"嗯！可是胡四昨天晚上来，还供给了许多壁报上的材料，——全是那二老板的阴私……"

"所以我说他有阴谋呀！我们攻击越厉害，他和那个二老板的妥协越容易成功。他把我们当做猫脚爪，到热灰里摸栗子！"

"哎！"张不忍叹了一口气，闭起眼睛不作声；他不愿意相信，但又不敢完全不信。忽然睁开眼，他劈手抓起了那张请帖钉住看了几秒钟，然后放回桌上，冷冷地说："不过我终于不能断定。如果胡四已经跟他们妥协了，我们被卖了，那么，周九，他是那个二老板的腹心，他还来跟我拉拢作甚？"

"说不定还有更毒辣的阴谋。"

"也许。"张不忍慢慢地站起身来，走了一步，却停住，回顾着云仙说，"然而总不是用毒药酒来谋害我的性命。——云仙，那，我倒一定要去，看看周九的态度！"

云仙是满脸的不放心，可是没拦阻。张不忍抓起帽子，正要走了，云仙忽又叫道：

"啊，我几乎又忘记了。刚才回家的时候，路上碰见了黄二姐，——好像跟人打过架似的；她夹七夹八说了许多话，我也没听清，可是记得一句：'外场都说八少爷和你私通外国，我不相信！'私通外国，她说了两遍，我听得很准。"

“哈哈，这倒是阴谋，然而也是用旧了的阴谋!”张不忍一边说，一边就走了。

十一

二十小时以后。张不忍的睡眠不足的面孔上，带乌晕的是眼眶，苍白的是两颊，而射出兴奋的红光的是太阳穴带眼梢。

仍在他的卧室。只有两个人：他和朱济民。

他像笼里的一头狮子，焦躁地来回走着。朱济民的眼光跟着他来来往往。跟到第三趟，朱济民突然说：“我看你也还是不要去了罢?”

“去！怎么不去!”张不忍只把头歪一下，依然在走。“他们两个是自己抛弃了责任，他们不去，我就一个人去！三个人是代表群众的意志的，一个人也照旧代表群众的意志，我的代表资格没有被取消，我就要去!”

朱济民点头，但也轻轻叹了一口气。张不忍站住了，又说：“我十二分不满意君觉！怎么他也跟着他老太爷跑，倒不想拉住老太爷跟他跑？昨晚上我赴宴回来，紧跟着胡四也来找我说话了；争执了三个多钟头，他的千言万语只有一个意思：群众运动不要做，为的新县长和二老板正在这上头找我们的错处。我的回答也只是一句话：不能够！我们要和二老板清算公款，但也要做别的事。清算公款不是主要的救国工作！胡四他们只要私仇报了就满意了，但是我们不能够！”

“对的！我们不能够！”朱济民也奋然了，但又带点惋惜的意味，轻声说：“胡四呢，原也不足怪；只是赵老先生也只见其小，却未免——”

“赵老先生到底老了，最不该的，是君觉。他刚才还说舆论对于二老板忽然一变，因此不可不慎重考虑呢！”

“对了，倒底是怎么一回事？还有，周九忽然请你吃饭，我也觉得有点怪。”

“嘿嘿！”张不忍侧着头望着窗外的天空，“也许是对我示威，也许是想收买——我罢，哼哼！济民，你说，那还不是示威？昨晚上，周九那席酒热闹极啦，从头到底两个多钟头，主人和客人——除了我，谈的全是二老板报告私货的事。简直把这头号的土劣汉奸说成了民族英雄！周九还怕我恶心不够，特地拉住我说：‘哈哈，二老板做人真是又爽直又周到。没一个不说他够交情。你瞧，他又是顶顶热心爱国，不怕结冤，报告了私货；他跟你们真是同志——同志！’济民，昨晚上那席酒，是二老板摇身一变而为民族英雄的纪念酒，也是宣传酒！”

“今天满县城都在歌颂这位‘英雄’了！我们学校里也发现了标语！”

“哦？你们学校里也有？”

“校长在朝会时还对全校学生说，二老板才是真真的爱国家！”

“咄，不要脸的东西！”

“可是，不忍，你说，到底这回事是真是假？”

“瞧过去是真的。”

“那么，他自己运了私货自己报告，那不是跟钱袋作对么？”

“也许他报告的是别人的私货——”

“绝对不是！全县的贩私机关就只有他一个！”

“也许他使的是苦肉计。”

“我也是这么看法，然而君觉说不是。君觉以为这是‘壮士断腕’的策略。照章程，报告人可以得货价的一半作奖；假如他那批货，本来是三百，充公拍卖是四百，他得了奖赏二百，……”

“只牺牲了一百，是不是？”张不忍淡淡地一笑，“然而今天中午听说是周九买了那批货了，可又怎么算法？”

“当真么？”

“好像是真的。所以我还猜不透那中间的玄虚。不过，济民，无论如何，他这一手的确有强心针的作用。”

“不忍！我猜得了。也许周九零卖出去可以得五百！”

“哦，也许。我们不熟悉商情，这把算盘暂且不去管它。倒是他这强心针，我们怎样对付？”

张不忍两手交叉在胸前，又来回地走着。

朱济民望着空中，徐徐地摇着头，移动了一步，低下头喟然轻声说：“群众太幼稚，太容易受欺骗了，——难做！”

突然张不忍转过身来，钉住了看着朱济民：“不是！济民，不是群众太幼稚，是他们的爱国情绪很高之故！很高，所以二老板的强心针也能发生作用。我们要利用这高涨的情绪，加紧工作。我们赶快把‘捉私团’组织起来。我们要说县境里的私货机关一定不止一处，二老板报告的，只是……”他忽然听得门外一阵脚步声，转脸去看，窗外东侧墙脚有一堆动乱的人影；这时朱济民也看见了，慌忙地四顾，退后一步，似乎想找个躲藏的地方。张不忍大踏步走到门前，开了门。

第一个进来的，却是云仙，劈头就问道：“你们说了些什么话？”

张不忍没有回答，只是朝外看。第二个进来的，是赵君芳。朱济民定了定神说：

“原来是你们！”

“我看见还有一个呢，是谁？”张不忍关上了门。“你们的房东，”赵君芳回答，“看见我们来，他就溜走了。”云仙开了门再望一下，关了门转身说：“他躲在门外偷听！怎么你们不觉得？你们说了些什么？”张不忍咬着嘴唇冷笑。

朱济民惊愕地看着两位女士，两位女士却紧张着脸看着张不忍。

“没有什么要紧话。”张不忍寂寞地笑了笑回答。“我们是什么都可以公开的。派侦探，也是白操心罢了。”

“随便谈谈，”朱济民接口说，“谈那位民族英雄。”

“你还说不是什么要紧话!”云仙对她丈夫瞪了一眼说，转眼又看着朱济民。“我刚到了君芳家里去，她说今天中饭边，陆——陆紫绶找赵老伯谈了半天话。君芳只偷听到一句：‘城里有那些是汉奸，县长已经查访明白。’后来，后来陆紫绶告辞，赵老伯亲自送到大门外。芳！你不是说老伯送客回来，还自言自语说青年人真真胡闹么?”

赵君芳点头，却眼不转睛地看着张不忍的面孔。

“我和君芳一路来，”云仙朝她丈夫走近一步，“许多人老钉住我看。交头接耳说鬼话。”

“这是因为你也在朝他们看呵!”张不忍淡淡地笑着说。

“云仙！神经过敏便……”

“不是神经过敏。我确实看到有一个阴谋正在酝酿，把你我做目标。”

“把我和你当做汉奸么?”张不忍说时微微一笑。

“我跟云仙的意见一样。”赵君芳把声音放得很低。“说不定你们的生命还有危险呢！"

朱济民在旁边听得很清楚，不由的打了一个冷噤；他走到窗前探望了一下，便又走回来对张不忍悄悄地说："你那个代表，还是不要当了罢。两个已经不肯去，你又何苦独个儿顶枪头。"

"什么代表?"赵君芳很关心地问着。

"就是壮丁训练队的代表，去见县长请愿，要求发枪，打靶，教野操。"朱济民回答。"本来孙二和陈维新也是代表。可是他们刚才派人来说，他们都不去了。"

"你也不要去!"云仙对张不忍说，却又转脸望着赵君芳，"对不对，芳? 三个人里只去了一个也没有意思。"

张不忍皱着眉头瞥了他们三个一眼，慢慢地说："我要是也不去，以后便不用对壮丁们说话。我是去请愿，并没违法，何必神经过敏。"

暂时大家都没有话，只有张不忍一个人来回地走着的脚步声橐橐橐地响。

张不忍把帽子拿在手里，对云仙说："明天的壁报，稿子都有了；那篇《从取缔游民乞丐说到大汉奸》就放在第一。回头我还想写几句关于'报告私货'和'捉私团'的文字。"

张不忍昂然走了。朱济民扭了扭身子，也说："我学校里还有事。"

屋内剩下两个女的。赵君芳望着窗外，呆看了一会儿，转身拉住了云仙的手。

十二

壁报的第×期，第一篇文章和最后一则短评，确实颇为锋利。然而×县人大部分似乎都没注意。

这是因为有一件更惊心的事压住在人们头顶。

差不多和壁报的贴出同时，由保甲长们传出消息，汉奸们已经在大街小巷都做下了暗号，而这些暗号是有军事作用的。

保甲长们这些消息从那里来的？县政府！新县长本是现役军人，顶明白这些把戏！

老百姓们凛凛然各人在自己门前搜寻有没有什么异样的，——譬如白粉画的尖角或圈儿。一个上午，满县城忙着这，又谈论着这。

搜寻没有结果。满县城的眼光都惶惶然望着公署。新县长是军人，他有没有法子解救？总该有！

中饭吃过不久有人听得军号声了；有懂得的，说这是“集合”。人们慌慌张张互相报告，互相探听。终于知道了是新县长检阅保安队和保卫团，人们中的好奇的又一齐向教场拥去。

新县长坐在马上，多威风，这才像是能够保境抗敌的！陪同新县长检阅的，有鼎鼎大名的二老板，也有赵缉庵；有胡四，也有陆紫翁。胡四跟陆紫翁时时交头接耳。

从教场里飞出来的县长的训话，不用播音机，顷刻间也就传遍了街头巷尾。县长说：取缔游民乞丐是防汉奸，谁反对谁就是汉奸！县长又说：他相信本县的绅士，凡有恒产恒业的，没有一个是汉奸；甘心当汉奸的，都是既无恒产，又无恒业！县长又说：壮丁训练程序自有皇皇政令，不得无故要求变更，摇惑人心！

在大街上，周九那铺子的前面，一个人堆裹着嘈杂叫骂的馅。大家认识的黄二姐满脸青筋指着商会职员姚瑞和叫道：

“你这小鬼！你倒有脸说八少奶奶的娘家不及你的娘老子是东门卖豆腐干的？”

“卖豆腐干，”姚瑞和却冷冷地一脸奸猾，“也是正当职业！哼！什么八少奶奶！看她一双手。谁不知道女汉奸打扮得阔？可是一双手不肯挣气，怎么办？”

“你这死了要进拔舌地狱的！”黄二姐嘶声叫着就扑过去想打他巴掌。姚瑞和躲开了，却也卷起袖子来。闲人们忙把黄二姐拉开，又喝道：“阿和，不要乱说！人家少奶奶！”“狗屁少奶奶！”姚瑞和像发酒疯，满嘴唾沫飞溅，“张家的阿八犯了法，他的老婆还是少奶奶？”

“什么话！犯法？还出凭据来！”人堆里好几个声音喊。

姚瑞和怔了一下，但立即又胆壮起来：“凭据？今天的壁报，就是凭据！他反对取缔游民乞丐；县长训话，反对的就是汉奸！他冒充壮丁队的代表请什么愿……”

“不是冒充！我们公举他的！”好几个声音。

“不冒充，也犯法！他是汉奸！”也是好几个声音。

这吵闹的馅子发酵了，人声鼎沸，动起武来。程子卿在柜台内急得乱叫：“不要打架，不要打架！人家铺子门前！”

十三

那天晚饭时分，张不忍和云仙在自己屋里，云仙的面色不定，张不忍的，却是铁青的。

“他们把壁报撕了。”张不忍的声音略带兴奋。“可是有许多人不让撕，又打了起来，我去找孙二和陈维新，都说不在；他们都躲开了！”

“赵缉庵呢？也不见你么？”

“没有找他。这老头子跟什么二老板讲和，看来是千真万确的！可是胡三先生还见我，他说赵老头子和他还是告二老板的亏空公款，不过他又劝我不要再弄什么壁报，再什么请愿。他们就是那老主意，只反对土劣的二老板，不反对汉奸的二老板！”

云仙叹了口气，半晌后这才说：“君芳告诉我，他们造的我的谣言，相信的人多得很呢！我真想不到我这双手会闯了乱子！”

“笑话！云仙！”张不忍拿住了云仙的手，“跟手不相干！问题是在新县长的宣传工作做得巧妙。二老板那一支强心针似乎效力也不错。可是不要紧，我们慢慢地总可以挽救过来。

壮丁队里……”

一句话没完，云仙忽然跳起来，对张不忍摇手。“好像听得门外有脚步声呢！”云仙附耳说。

果然有极轻的声音在门外。张不忍脸上的肌肉骤然收紧了，他侧耳再听一下，便猛然大踏步跳到门前，开了门。

“是你！哦！”张不忍看清了门外是程子卿时，捺住了性子冷淡地说。

程子卿迟疑了一会儿，终于挨身进来。

宾主对看着，像是都在等候对方先发言。终于是程子卿勉强笑着说：

“张先生，莫怪；我是吃人家的饭，受人家的使唤，没有办法……”

“不要紧！”张不忍不耐烦似的打断了他的话。“我们的话都是可以公开的，不怕人家听了去！”

“咳咳，是，——不是那个，”程子卿满脸通红，眼光看着地下。“这回，不是来偷听张先生的话，不敢，……不是他们叫我来……”

“哦！很好！”张不忍尖利地说，一双眼逼住了程子卿的面孔。

程子卿抬眼和张不忍的眼光对碰了一下，忽然像下了决心，低声说：“张先生，我知道你是好人。我来通报你一件祸事，——他们，他们，县里，打算办你一个罪，教——教唆壮丁，扰乱治安。”

“呵！”云仙惊得叫出来。

张不忍却不作声，只把两道尖利的眼光逼住了程子卿的脸。

程子卿的态度也从容些了，更低声地说：“二老板恨得你要死，这人是杀人不见血的。张先生，你还是避一避罢！”

云仙走前一步抓住了张不忍的手，这手有点冷。云仙的手，却有点抖。张不忍把这抖的手紧紧捏住，就对程子卿说：

“谢谢你，程先生。我都明白了。”

“那么，你避一避罢。”程子卿又叮嘱一句，便像影子似的走了。张不忍望着乌黑的门外，虔敬地，像教士对着圣像，好半天。

“你打算怎么办？”掩上了门，云仙转身来轻轻说。

“没有什么办。程子卿是忠厚的商人，胆小些。况且这也不是避不避的问题呵！”张不忍慢声回答，微微一笑。

十四

第二天，一清早，县城外河埠头来一条船；船里走出三个人，拿着浆糊桶，毛刷，广告纸，就从城外一路贴起来。广告是卖眼药的，纸上端画着一个戴眼镜秃顶的大胡子，一派的亲善气概。这三人一队一路张贴到城里，就有七八个小孩子跟在背后指指点点说笑。

广告是大街小巷都贴。也有只贴一张的。也有并排贴二张的。这眼药是外国货。同属这一国的卖药广告常常有人到×县里来张贴，×县人向来并不觉得奇怪。然而这一次却引起了注意。

中心小学附近有两个闲人研究这些新贴的广告。穿长衣的一位歪着头说：

“哦，街东的，全是两张一排，街西的只贴一张。哈哈，招纸带得不多，送不起双份了。”

“不是罢。我看见他们还剩下一大卷。”麻面的短衣汉子表示了不同的意见。

“哼哼！你看见?”长衣人把眼一瞪。“你说，为什么两边不一样，多难看！”

麻面汉子只用两手摸着脸，承认了理屈。可是长衣人还不肯下台，看见有人从中心小学走出来，就迎上去叫道：“喂，校长，看这些广告，一边双份，一边单张，可不是带的不多么?”

校长眯细着眼睛看了半晌，忽然正色答道：“那有意思的。我说，那有作用的。你瞧，这是小鬼的广告啦。”“哦，小鬼的广告，不要弄错了罢?”长衣人迟疑地说，聚精会神再看那些广告。

“一定不错!”校长郑重宣言，“瑞和，老弟，讲到这上头，哈，你就不如我了!”

麻面汉子在旁边扑嗤一笑。但是恐怕那位商会职员见怪，赶快走开。商会职员姚瑞和倒并没觉出，一手摸着下巴，沉吟地说：“小鬼的，哦，那——我就要去报告会长了。”

“对呀，我说是有作用的。”

“不管有没有，我一定要去报告。”姚瑞和一边说，一边就匆匆自去。他逢人就说：“眼药广告是小鬼的，”有时更加上一句，“有作用的!”

立刻满街的人都在谈论这件事了。有人还做出（也许是想出）统计来：单的是多少，双的又是若干。待到大街上那茶楼里的高雅茶客们研究这件事，“作用”已经具体化而为“军事上的暗号”。

“一定是暗号!”陆紫翁大声说，“双双单单是引路的。《水浒传》上祝家庄里——的白杨树，可不是暗号么?”

胡四坐在陆紫翁斜对面，不住地点头。

姚瑞和满面红光像打了胜仗那样来了。最近半小时内，他已经一口咬定那“暗记号”是他的发明，因而俨然已是一位堂堂的“民族英雄”。可是见了陆紫翁，他还不能不是老样子的商会职员。当陆紫翁朝他笑了一笑时，他赶快将两手在身边一逼，脸儿上什么表情也没有，眼光射在自己的鼻尖。

满县城的老百姓都为这新来的“暗号”而惴惴不安；说不定什么时候会有千军万马杀来呵！

然而茶楼里的陆紫翁却谈笑风生：“好在新县长是军人，县长一定有办法！”

下午，听说公署召集了紧急会议。会议还没散，就纷纷传说要大捉汉奸。三点钟光景，果然全体保甲长协同保安队同保卫团分途出发。又一次震惊全城耳目的大事件。汉奸捉到了没有？谁是汉奸？老百姓们一时无暇顾及。老百姓们亲眼看见的，是新贴的那些眼药广告全数被撕去了。

太阳快落山的时候，广告已经肃清完毕。无数的戴眼镜秃顶的大胡子都被押解到教场上，堆成一座小山。就在那里放了一把火烧掉。上千的人，在那里看这×县有史以来的盛典。

“各位父老兄弟诸姑姊妹！今夜可以放心睡觉了。敌人的暗号已经消灭，这全靠县长为国为民，忠义勇敢！县长万岁！”

在火光中作了这样简单而庄严的演说的，是三天前报告私货的二老板。群众拍掌。姚瑞和虽然是“暗号”的发见者，却没有资格演说，也杂在人堆里拍掌。

然而同在这时候，四个保安队，二个法警，簇拥着张不忍夫妇到县公署去了。当夜没有出来。

十五

早晨六点到八点，壮丁训练，发生了好几次的扰乱。教练官怒跳得脚也酸了；然而过半数壮丁们固执地不肯服从口令立正稍息。他们要求更有实用的操法。

街头巷尾，有人聚谈着张不忍夫妇被县长“请去”的消息，一些眼睛睁得滚圆，一些唾沫飞溅。

十点过后，赵缉庵，胡三先生，一脸严肃，去见县长。他们要求保释隔夜被留住的两位。

县长说：“并没难为他们。谣言多，我是爱护他们才要他们进来休息几天。可是，今天正有一件事要请大家来商量，两位来得刚好。”

县长拿出一张纸来。两位一看，第一行是“以一日贡献国家”。

大概这件事又得命令全体保甲长出动了。×县是天天在热闹紧张的空气里的。

后　记

此集所收，都是近两年内的作品，除了《水藻行》一篇，都在国内各刊物上发表过。

这些又都是“逼”出来的。以个人近年来的经验而言，所谓“逼”，有两种：一即是常见的“文章是逼出来的”的“逼”，定期刊既多，编辑者支配篇幅，如大元帅调兵遣将，而以卖文为生计像我这样的人，当奉到一令，——“本期敞刊盼得小说一篇，至迟于×月×日交稿”的时候，因为自身是“闲子”，无可推诿，只好搜索枯肠来逼一下下了，这一逼，因是限期，故吃重在时候上。其二，则也许是个人独有的甘苦罢，选择题材往往不能不顾到环境，免得编辑先生为难，于是久在思索中之题材不得不舍割，新有所感的题材亦不得不放弃，譬诸行路，荆棒载道，不能放开脚步，逼得只能取一迂回曲折既不踣踬亦不累人的小路，而又私愿能不违于大道，这一个“逼”，便较限期交稿更难应付。

所以两年之前，虽屡受逼，而被逼出来的，只此集寥寥十万字。而此集之成，在上述二逼外，又有一逼，即良友文学丛书以《烟云集》三字登告白时，实尚未有一字，个人彼时极以“卖空”为忧，但赵家璧先生引“文章是逼出来的”的“通则”批驳了我的期期以为不可。

“烟云”二字，亦是良友公司待登文学丛书新出二十种之总告白，立逼而定；随手拈来毫无命意。然而总告白每目下例有“解释”，良友公司乃代为“发挥”，宛若有深意存焉，今实物既出，表里不符，相应说破。

至于集中有《烟云》一篇，原载《文学》，此篇意在画出两张面孔，完稿后尚无题目，匆匆忆及“烟云”二字，便给填上算数。《烟云》发表后，曾有读者写信问我用意何在；那里有什么用意？我见到有这样的两张面目，在被逼之下，就画之以应王统照的需要罢了。

此集作成之经过如此。倘名为“二逼集”，或者名实不乖。但我希望凡此诸“逼”今后不在，希望像烟云一般过去了。

一九三七，五月廿五，茅盾，于上海。

图书在版编目（CIP）数据

烟云集 / 茅盾著. — 北京：中国国际广播出版社，2013.1
（良友文学丛书）
ISBN 978-7-5078-3558-8

Ⅰ.①烟… Ⅱ.①茅… Ⅲ.①中篇小说—小说集—中国—现代②短篇小说—小说集—中国—现代
Ⅳ.①I246.7

中国版本图书馆CIP数据核字（2012）第266065号

烟 云 集

著　　者	茅　盾
责任编辑	张娟平　张淑卫
版式设计	国广设计室
责任校对	徐秀英
出版发行	中国国际广播出版社（83139469　83139489[传真]）
社　　址	北京复兴门外大街2号（国家广电总局内）
	邮编：100866
网　　址	www.chirp.com.cn
经　　销	新华书店
印　　刷	环球印刷（北京）有限公司
开　　本	620×920　1/16
字　　数	100千字
印　　张	13
版　　次	2013年1月 北京第一版
印　　次	2013年1月 第一次印刷
书　　号	ISBN 978-7-5078-3558-8/I·407
定　　价	38.50元

CRI 中国国际广播出版社　欢迎关注本社新浪官方微博　官方网站 www.chirp.cn

人文阅读与收藏·良友文学丛书

(1)	鲁　迅　编译	竖　琴
(2)	何家槐　著	暧　昧
(3)	巴　金　著	雨
(4)	鲁　迅　编译	一天的工作
(5)	张天翼　著	一　年
(6)	篷　子　著	剪影集
(7)	丁　玲　著	母　亲
(8)	老　舍　著	离　婚
(9)	施蛰存　著	善女人行品
(10)	沈从文　著	记丁玲
	沈从文　著	记丁玲续集
(11)	老　舍　著	赶　集
(12)	陈　铨　著	革命的前一幕
(13)	张天翼　著	移　行
(14)	郑振铎　著	欧行日记
(15)	靳　以　著	虫　蚀
(16)	茅　盾　著	话匣子
(17)	巴　金　著	电
(18)	侍　桁　著	参差集
(19)	丰子恺　著	车箱社会
(20)	凌叔华　著	小哥儿俩
(21)	沈起予　著	残　碑
(22)	巴　金　著	雾
(23)	周作人　著	苦竹杂记　（暂缺）